东海百里文廊

白马 姚碧波 主编

陕西新华出版
太白文艺出版社·西安

图书在版编目（CIP）数据

东海百里文廊 / 白马，姚碧波主编. -- 西安：太白文艺出版社，2025. 1. -- ISBN 978-7-5513-2841-8

I．I227

中国国家版本馆CIP数据核字第2025QV3795号

东海百里文廊
DONGHAI BAILI WENLANG

主　　编	白　马　姚碧波
责任编辑	耿　瑞
封面设计	悟阅文化
版式设计	悟阅文化
出版发行	太白文艺出版社
经　　销	新华书店
印　　刷	成都市兴雅致印务有限责任公司
开　　本	880mm×1230mm　1/32
字　　数	120千字
印　　张	6.75
版　　次	2025年1月第1版
印　　次	2025年1月第1次印刷
书　　号	ISBN 978-7-5513-2841-8
定　　价	42.00元

版权所有　翻印必究
如有印装质量问题，可寄出版社印制部调换
联系电话：029-81206800
出版社地址：西安市曲江新区登高路1388号（邮编：710061）
营销中心电话：029-87277748　029-87217872

目录 CONTENTS

第一辑
白泉篇

003	龙吟泄潭	姚碧波
004	泄潭	苗红年
005	泄潭记	刀鱼
006	甩龙桥	姚碧波
007	甩龙桥上看秋天	陈斌
009	过弄堂岭	刀鱼
010	北蝉老街	苗红年
011	翠萝石笋	姚碧波
012	如意香樟湾	姚碧波
013	在如意香樟湾	俞跃辉
014	如意香樟湾	郑剑锋
015	云顶问茶	姚碧波
016	花香暖岙	姚碧波

017	马腰岗营地	姚碧波
018	一匹马，跑在春天的马腰岗	俞跃辉
019	黄虎岗	姚碧波
020	传奇庄园	姚碧波
021	皋泄杨梅采摘园	姚碧波
022	翠萝寺	姚碧波
023	陈家大院	郑剑锋
024	陈家大院	苗红年
025	陈家大院	林红梅
027	觅林古树园	姚碧波

第二辑
昌国篇

031	泉香井	姚碧波
032	泉香井	俞跃辉
033	泉香井	郑剑锋
034	泉香井	苗红年
035	泉香井	林红梅
037	岭上花海	姚碧波
038	寿山庙	姚碧波
039	涵 园	姚碧波
040	涵园，三千多年的阴沉木在说	俞跃辉

第三辑
盐仓篇

043　泉香亭 …………………………… 姚碧波
044　定海山茶园 ……………………… 姚碧波
045　古樟驿 …………………………… 苗红年
046　古樟驿 …………………………… 姚崎锋
047　石镜岩 …………………………… 姚碧波
048　黄沙秘境 ………………………… 俞跃辉
049　白鹤庙 …………………………… 姚碧波
050　黄高岭茶亭边煮茶 ……………… 陈　斌
051　西皋岭古城墙 …………………… 姚碧波

第四辑
双桥篇

055　非遗宽窄巷 ……………………… 姚碧波
057　木偶戏展陈馆 …………………… 姚碧波
058　侯家木偶戏 ……………………… 俞跃辉
059　侯家木偶戏 ……………………… 陈　斌
061　建安桥 …………………………… 姚碧波
062　吉星桥 …………………………… 姚碧波
063　继思桥 …………………………… 姚碧波
064　黄氏宗祠 ………………………… 姚碧波
065　晚秋里的宗祠 …………………… 缪佳祎

003

066　蚂蟥山古道 ················· 姚碧波
067　东海大峡谷的秋天 ············· 姚碧波
069　秋天的茶人谷 ················ 俞跃辉
070　茶人谷的风，从四面八方来 ······· 缪佳祎
071　狭门龙潭 ···················· 白　马
072　里廻峰寺 ···················· 姚碧波
073　里廻峰寺，一颗黑色果子掉下来 ··· 俞跃辉
075　里廻峰寺 ···················· 缪佳祎
076　天福古寺 ···················· 姚碧波
077　徐公桥 ····················· 姚碧波

第五辑
岑港篇

081　双狮山观景平台 ············· 姚碧波
082　夕阳西下，白龙潭 ··········· 俞跃辉
083　白龙潭 ····················· 郑剑锋
084　白龙潭 ····················· 缪佳祎
087　白龙潭 ····················· 姚崎锋
088　东海农场 ··················· 姚碧波
089　马目花海 ··················· 姚碧波
090　在马目花海行走 ············· 陈　斌
091　黄金湾水库，向大地敞开 ······ 缪佳祎
092　黄金湾水库 ·················· 姚碧波
093　黄金湾水库 ·················· 俞跃辉

004

094	黄金湾水库寻大雁	陈　斌
096	欢喜烟墩	俞跃辉
097	五峙山鸟岛	姚碧波
098	五峙山鸟岛	白　马
099	五峙山短歌	陈　斌
101	万花谷农庄	姚碧波
102	万花谷·田园梦	缪佳祎
105	里钓古村落	姚碧波
106	里钓的夕阳	俞跃辉
107	里钓古村，生生不息的乡愁	缪佳祎
108	里钓时光	姚崎锋
109	丁光训祖居	白　马
110	岑港水库	姚碧波
111	外廻峰禅寺	姚碧波
112	司前老街	俞跃辉
114	重回司前古街	缪佳祎
116	司前老街	姚崎锋
117	马目风车营地	姚碧波
118	我们在马目风车营地相亲	俞跃辉

第六辑
小沙篇

121	三毛祖居前	姚碧波
122	三毛祖居	郑剑锋

124	三毛祖居	姚崎锋
125	再见三毛祖居	林红梅
127	青林玉镜观景台	姚碧波
128	鹅鼻岭	姚碧波
129	在鹅鼻岭露营基地	缪佳祎
132	三毛书屋	郑剑锋
134	文明桥	姚碧波
135	兴舟杨梅种植场	姚碧波
136	丰润果园	姚碧波
137	潭陈古井	姚碧波
138	潭陈古井边畅想	陈　斌
139	潭陈古樟	姚碧波
140	余家古村	姚碧波
141	余家古村	俞跃辉
142	余家村漫步	陈　斌
143	长白碾子坊	姚碧波
144	吉祥寺	白　马
146	净土禅院	陈　斌
147	白马庙	姚碧波
148	复翁堂	白　马
150	甩龙桥	姚碧波
151	甩龙桥	白　马
152	甩龙桥上观秋景	陈　斌

第七辑
马岙篇

157	陶然草庐	俞跃辉
159	杨家池古井怀古	陈　斌
160	南风知否	俞跃辉
161	南风知否	刀　鱼
162	站在团结水库大坝上	姚碧波
164	漫步在团结水库大坝	缪佳祎
165	马岙博物馆的石斧	姚碧波
166	马岙博物馆的特大石犁	姚碧波
167	在马岙博物馆	俞跃辉
169	马岙博物馆	缪佳祎
170	在卧佛山庄，山也是有尊严的	姚碧波
171	卧佛山庄看古树	陈　斌
172	卧佛山	姚崎锋
173	安家石板路的春天	姚碧波
174	洋坦墩遗址的稻谷印痕陶片	姚碧波
175	凉帽蓬墩遗址	姚碧波
176	居山小院	姚碧波
177	居山小院	俞跃辉
178	寂照讲寺	俞跃辉

第八辑
干碳篇

181　南洞艺谷有蜜蜂在飞舞 ………… 俞跃辉
183　南洞艺谷 ……………………… 郑剑锋
185　南　洞 ………………………… 林红梅
187　龙潭老街 ……………………… 姚碧波
188　龙潭老街 ……………………… 姚崎锋
189　隆教寺外的古树群 ……………… 姚碧波
190　骑行最美公路 ………………… 陈　斌
192　中国鱿鱼馆 …………………… 姚碧波
193　五雷山茶园 …………………… 姚碧波
194　树木掩映之间，我遇到了隆教寺 … 俞跃辉
195　隆教禅寺，木头是要呼吸的 …… 徐豪壮
196　访隆教寺 ……………………… 刀　鱼
198　隆教禅寺 ……………………… 林红梅
200　五雷寺 ………………………… 姚碧波
201　恐龙谷，仙踪林 ……………… 俞跃辉

202　后　记

第一辑

白泉篇

龙吟泄潭

姚碧波

泄潭隐藏在山腰间,深不见底
泄潭不孤独,有龙王
潭水还通大海

龙王是不出世的,深居泄潭
潭水越深越明亮
有着十万宁静

遇到困难,更多时候求救于菩萨
只有大旱之时
人们才会向龙王祈雨

在潭水里,我能看到自己
那里有沉重的灵魂
以及未知的期待

如果我直面泄潭祈雨的传说
那神秘的力量
会在深潭吟响,传遍山头

泄　潭

苗红年

在弄堂岭，你是否能想象
雨泽稍怠是一种滋养方式
"既若有心成变化，
岂能无意泽枯焦。"
今天，我继续诵读祝诗
来定义山风与水流正在慢慢恢复历史的模糊
像隔着分叉的叶脉
梦与秋色各自找到了自己隐身的场景
暗示如头上盘旋的鹰
表达出对流动身影的好奇
却忘了那些巉岩安静的倾听

没有人意识到对憧憬的置换
我们除了提交伟大的构想
这澄明的潭水
用最简洁的语言，给我上了一堂
关于蓄存而不是浇灌的课程

泄潭记

刀　鱼

泄潭水照见我前世的面容
以及身后庄严悲戚的仪式
祈雨者为昌国县簿刘佖
弄堂岭的风吹起他衣袂
此刻雀鸟鸣涧，黄麂
在山下的田地里奔跑
附近的乡亲过甩龙桥
水一样聚拢
水来自山顶汇入潭中
直通大海，刘佖
唱罢祈雨诗，雷声如龙吟
雨滴顷刻砸在水面
砸出一圈圈涟漪
抬头看天，风起云涌
树木生长
我心生慰藉、景仰
我是那丢了一根扁担的货郎
寻找并且贩卖着古老传说

甩龙桥

姚碧波

一条小溪从五处坑上流下
一座古石拱桥从溪上架过
这给岙底陈添了灵秀和风雅

小溪叫水曲溪,桥叫甩龙桥
那个取名的人也无从可查
就像没人说得清桥的建造年代

桥上行人换了一代又一代
石拱桥依旧古朴地静卧
只有桥下的潺潺流水不曾改变方向

在时间与流水之间
在杂草与田野之间
石拱桥守着村庄,守着日出日落

走在甩龙桥上,也是一种风景
几个诗人对着流水指指点点
有鹅浮在水面,似乎想增加色彩

甩龙桥上看秋天

陈　斌

古桥跨越着溪水
秋天的萧索在其中流淌
枫叶像落日一般红艳
掉落在水面上
这座古桥就像人生的旅程
它横跨在时间的溪水之上
承载着我们前行的脚步和思绪
枫叶则是生命的符号
在秋风的染色中，它们如火一般燃烧
在落叶的灿烂中，我看到了岁月的流逝
桥上的我则像凝望镜子的自己
回首往事，想起曾经的欢笑和泪水
风拂过我耳边
吹起我衣角
让我感到一丝寒意
但我并不觉得冷
这微弱的寒意也许就是人生的挑战
它让我意识到生命的脆弱和珍贵
只有在体验过寒冷之后，我才会更加珍惜温暖
相反，我觉得这正是秋天的魅力
它让人忘却炎热的夏天

迎接即将到来的冬天
在生命的溪水中，我们时而承受炎热和寒冷
但秋季的美丽就像古桥和流淌的溪水
给予我前行的方向和勇气
这是一个美好的时刻
我深深地爱着这片秋天的土地
也爱着那座古桥和流淌的溪水

过弄堂岭

刀　鱼

桃花簪在车窗外
一闪而过
只有老树识途
老树沾染了绿
它会用它的枯枝指引我们

来到财神宝殿的中央
一不为财跪
二不为我跪
胸中有黎民百姓
老树才能焕发新芽

菩萨啊
道路未通之前
石拱桥上经过了多少
春天的队伍
浩浩荡荡
缘溪而下
越接近烟火气息
野花越开得惊天动地

北蝉老街

苗红年

我是老街十字路口的走失者

脚下的青石板有我相同的命理
交错的人生,与贫寒为伍
安置于此,是唯一可选择的归处
风吹过
打道回府的枯叶在蛛网里继续着悬空的梦想

而我多想倚在夕阳里打个瞌睡
梦见黄粱和竹篮
梦见牵着伊的小手,奔跑着去摘下一树青梅

身后,传来急促的吠声
仿佛眼前的一切是真的

翠萝石笋

姚碧波

在岙底陈，在石笋尖山上
以石笋的形状，屹立千年而不倒
我想，这株石柱一定是有信仰的

这七八米高的石笋，长在这里
是否隐藏着巨大的秘密
谁也无法知晓，就像它的出现

在石笋的身上，看不到时间的痕迹
千年的风雨，把它洗刷得更亮
仍如千年前的模样，笔直耸立着

在春天，我看到竹笋破土而出
满山响起植物拔节生长的声音
石笋不为春色所诱，岿然不动

如今，这株石笋怀抱初心
仍旧在翠萝寺的后面
像个修行者，守着古迹

如意香樟湾

姚碧波

两三只蝴蝶在左,三五只蝴蝶在右
当我漫步在蜿蜒的曲径上
一群蝴蝶在两旁的花丛中飞舞着

百日菊、美人蕉,大多呈现怒放的姿态
蝴蝶有的停在花上,有的还在翻飞
风吹,花在动,蝴蝶的翅膀也在动

五彩斑斓的翅膀带着阳光的明亮
美不胜收,像不断变幻的万花筒
那里蕴藏着无限的激情

一群蝴蝶在花丛中尽情飞舞着
在这个静谧的香樟湾,释放天性
就像水塘里那棵形似如意的卧樟

在秋日,没有比它们更生动更夺目了
我想留住蝴蝶美妙的身姿
哪怕是稍纵即逝

在如意香樟湾

俞跃辉

在这里，心要勒住缰绳
我细细地闻着花朵、树木、水和田野的气息
我一刻不停地看啊看啊
我要在亲水的看台上看水汽慢慢飘散
我要敞开胸襟向那些芦苇、菊花问好
我要效仿那黑色花纹的蝴蝶在花丛中飞来飞去
我要对横卧在水中的香樟树道一声吉祥如意
我要在"共富菜坊""野玩森林"剪取那动人的场景
我更要把微笑盛开在那相识的或不相识的人们面前

在这里，我一一行经，时而驻足探问
有时像一个贸然闯入的野客
我要轻轻地念着"吉祥如意、吉祥如意"
直至在你我的生命间围绕贯通

如意香樟湾

郑剑锋

垂直的天穹下,是谁在岁月的轮回里
守望着这一湾清流,每一个清晨和黄昏
她都是这座山水的灵魂
在这片水纹构造的函数中,她的曲线玲珑
伴随着日出日落,容颜如画

尘世间的繁华与尘埃,都无法
掩盖她的美丽,她是这一方山水的灵感
像是清澈的眼眸,一年四季都不曾
干涸。每一个来此的人,都会被
她的美丽所打动,都会在她的面前
放下世俗的纷扰,听她低语着前尘往事

她是这一方山水的诗,是每一个旅人
的梦,她存在于这里,仿佛就是为了
让每一个过客,都能在她清澈的水中
看到自己的影子

如意香樟湾,是一首田园诗
又像是徐徐展开的一幅山水画

云顶问茶

姚碧波

一个人到山顶，白云缭绕的地方
去看茶园，并带上问候。顺便问候
白云、石头、流水以及山上的花鸟虫草

好大的茶园。这么多一片一片的茶树
像是挂在山坡上的绿色瀑布，满山都是
让我第一次目睹，心怀欢喜

这每一个细小的绿色
每一片嫩芽，都散发着春天的气息
带着曾历经的阳光和雨露，柔软、湿润

地绿天蓝。在山顶，茶园犹在天上
采茶女犹如一群仙女，在采摘仙草
一脸娇羞，有着春茶的多情

云顶问茶，惊动天上的神仙
派风神下凡，腾云驾雾间
满山缥缈的云雾，将我团团围住

花香暖岙

姚碧波

山坡上全是波斯菊,满目粉色
当我从329国道往上看,整个花海
犹如瀑布倾泻而下,直抵水库

向着太阳,每一朵花都伸长着脖子
每一朵都开得兴高采烈
快乐是藏不住的,满山遍野

带着秋日的恩泽,每一朵花
把最美的奉献出来,无数的美
在汇聚,那里有着对天地的抒情

一群群蜜蜂落在一朵朵花中
寻找甜蜜的幸福,忙碌一季
让它们感受到时光的旖旎

山峦灿烂。风从最高处吹下来
花香醉人,整个贾施岙都沉浸着
那诱人的粉色,像天空般澄明和饱满

马腰岗营地

姚碧波

站在山岗上,一望无际,天空更加辽远
除了蔚蓝,里面空荡荡的
辽远的还有,苍茫的山峦和宁静的大地

纵横起伏的山脉,一马平川的田野
这些充盈了我的视线
在遥望中,村庄被一次次拉近

一切都如此清晰,以至于
我伸手似乎就能触摸到
远方山上的那些石头和果实

站在山岗上,遥望天空、群山和大地
让我有种从未有过的新鲜感
我要张开双臂,去拥抱这一切

风从海上来,吹上山岗
带着大海的气息
在我遥望之际,云朵已远去

一匹马,跑在春天的马腰岗

俞跃辉

一匹马,跑在春天的马腰岗
嗒嗒嗒,带着梦想和渴望
追赶着高过山岗的春风
它说:"春天快,还是我快?
我背着木料和桌椅上山。"
春风说:"你能追上我的速度吗?
我悄悄地装扮了植物容颜。"

在马腰岗,春天的中转营地
黑色三脚架戳向天空
这木炭一般的骨架诠释着神秘
与嫩芽、花朵的气息触手可及
我们乘着一阵风,骑着一匹马
营地里开始荡漾春天的故事

我在马腰岗上静坐冥想
把春的讯息和伟力纳入心底
我抬头,那匹马已奔到了云雾缭绕的地方

黄虎岗

姚碧波

黄虎岗，曾是黄虎出没的山岗
那是舟山本岛唯一的，有记载的
康熙年间皋泄村确实发生过虎伤人事件

登临岗顶，我不知道这里海拔有多高
但这里离云朵已经很近很近了
老鹰一飞冲天，也就一刹那的事

山高水远。有羊群从半山腰跑上来
我以为是白云绕到山岗上
这白色的精灵，带着天性的自由和快乐

当我睡眼蒙眬的时候，那山顶
一丛丛金黄的花朵，多像睡眠的老虎
卧在草地上，睡得正香

黄虎出没早已成为传说
当月亮下岗，醒来的只是花朵
那晶莹的露珠，晨风中对着阳光眨眼

传奇庄园

姚碧波

在庄园，我只钟情满山的桃树
桃花灼灼时，我要全身心地投入
不分昼夜，在桃林里在桃树下

满目桃花，娇艳的一朵胜似一朵
这些在唐诗宋词中，被众多诗人
咏叹过的，点燃着春天的颜色

靠近桃花，怎么看都是快乐的
桃花苏醒着，将阳光一一收下
每片花瓣更加明亮和饱满

望着桃花，像望着情人
想用手轻轻抚摸，那诱人的粉红
在这里，我只需要一朵桃花

午后时分，在桃树下打个盹
把自己托付给满山的桃花
在春风的温柔乡里，沉睡不醒

皋泄杨梅采摘园

姚碧波

在采摘园,站在杨梅树下
我的眼里只有一颗颗红红的杨梅
忽略了其他事物,包括啁啾的鸟鸣

当杨梅成熟时,代表的是一个时间轴
就像成熟的少女,最美的花样年华
越是向阳的,积攒的阳光和甜蜜越多

在枝头上,在树叶下,拥抱夏日
杨梅内心激动,随微风起伏
一颗颗完美而多汁,散发着诱人的甜香

望着这点点杨梅,像满天星星
我常常像老父亲那样,喜极而泣
那是一个个精灵,甚是可爱

杨梅在树上,多像一颗颗红宝石
我要守着满山的杨梅,与它们吟风弄月
感受隐藏在杨梅内部的酸甜

翠萝寺

姚碧波

岙底陈,一个偏僻的小山岙
四面环山,同样默默无闻的
还有坐落于此的翠萝寺

翠萝寺很小,跟小山岙很匹配
是明洪武年间从金塘移置重建的
前后相加,竟有千年时光

古刹早已没有当年的恢宏大气
像是建在山中的民间寺院
倒也符合岙底陈随性而自在的意境

每年春天,大地上的草木
会在春风中向寺院里的菩萨朝拜
那里有众生的牵挂

千年古刹,甘于平凡
以菩萨的慈悲和向善的力量
庇护着一村人的从容与知足

陈家大院

郑剑锋

秋阳穿越了时空隧道
沉淀的笑容,洒满院落。静谧的檐角
洋溢着岁月的甘醇
古韵延续不绝,白墙黛瓦在石径上漫步
沉淀于时光的温柔,静美而活力四射

仿佛已经凝固,时间在我经过的地方
呈现世外桃源的景象
远久的神韵被岁月深深地刻在砖石上
每一砖每一瓦,都诉说着故事

无论是春花秋月,还是冬雪夏阳
这里都有一份梦幻般的诗意和宁静
那荣耀与光辉,如同一首诗篇

风吹在岁月的长河中,不断流淌
梦幻中的古色古香,见证家族的潮汐

陈家大院

苗红年

建筑之美有时候会盖过主人的风头
纵横的枝丫处冒出一片飞檐翘角
仿佛错综复杂的局面被捭阖者突然打开
那些进出庭院睥睨天下的人早已断了音讯
只有平整的石板和矗立的梁柱，还偏执于烟火的吹拂

此刻，黄昏如谜团
窗棂正在偷偷泄密时光的深浅
无论从哪个角度看
历史更像一堆高耸的柴薪
当你倚着它们，就能找到幽暗的通道中出入的跫音
我想起陈姓的外婆，在灶台上
端出一笼热气腾腾的包子
我早年的教诲，来自平庸和火舌
每当夕晖尽染山村
"我们的手上总握着几只活蹦乱跳的蚱蜢"

像一幅被梅雨浸润的泼墨图
莫名的斑点让周围变得异常古旧

陈家大院

林红梅

封存一坛黄酒
花开在尚未腐朽的木上
木槿，芙蓉，牡丹
一起折叠成三百年的老时光
富贵需要寻找一个出口
衣锦还乡的果实
是绵泽乡间朴素的路和桥梁

众人拾柴。南方的山林多荆棘
搜集善良的树种
一个村一群人
在一栋共同的家园进出
留守在农耕文化的熟稔中
今夜，那些坚硬的记忆
继续背负着祖训，而古旧的
陈家大院正在变迁
一个又一个古人放弃孤独
我们面对面坐着
复活那些比夜色更轻薄的光
是的，我们复活的光
终将荡漾在轰轰烈烈的太阳底下

三三两两的后人应对从容
在万金湖的每一天
调和着历史和现实的天空

觅林古树园

姚碧波

千余株古树、全景大草坪、心形水池
在白泉觅林古树园
找到的是乡愁，享受的是山野乐趣

一株株移植而来的杨梅古树、樟树
生长着，它们承受着岁月的沉重
以群落的方式，构建起新的自然景观

大草坪让人沉醉在绿色的体验中
有着春天的意蕴，诗情画意
而心形水池让小朋友忘情地戏水玩耍

这里，能采摘、露营、赏花
这里，能围炉煮茶、烧烤、野餐
这里，能亲近自然，享受新鲜空气

文廊建设让岙底陈打开了创富密码
像满山坡的花朵，随风轻轻摇曳
发出淡淡的光芒，像满天星星

第二辑

昌国篇

泉香井

姚碧波

清洌的井水,阳光下明亮而寂寞
在宁静的倒影里凝视
那一潭幽绿,深不可测

这水,是大山的一部分
山水相连,来自岩缝间的渗透
让井水常年丰盈,有着泉水的甘甜

提着水桶从井里打水
我愿意用这水解渴、洗脸
水里装载着大山深处的寒冷和情谊

井一直在那里,三百多年过去了
守着山脚,守着长生月岭庵
守着寂寞,也守着那些过往的人

如果渴了累了,可来这里歇歇脚
一碗水端平,无论是谁
既不厚待这个,也不薄待那个

泉香井

俞跃辉

一直寻觅着这口甘甜清冽的井
这有着历史渊源的井
这释放着淡淡清香和不竭动力的井

一直在寻觅,就像我们的根脉、祖先的源头
就像寻觅山岭间的珍宝
在颂河山和长生月岭庵间,这口井清澈幽深
商贩、书生和农夫在井里映照着疲于奔走的自己
这口井缓解车马劳顿
这口井露出四乡邻里的微笑
这口井有水汽氤氲着不散

这口井是我们孜孜以求的动力源泉吗
这口井是传递谦卑的生命之谷吗
三百年来,这口井就在长生月岭庵的后院
安静得如同处子,张着口
每一个路过的人都能拥有这份甘甜和清香

泉香井

郑剑锋

遗世独立的泉涌，奔赴着生命的旅程
在尘世中，我奔赴你，顾盼生辉的眸子
沾染尘土，却依旧掩不住内心清澈的冲动
那是一种深入骨髓的探视，带着悠远的梦幻

你提着透明的裙裾，我牵着细长的绳索
在这尘世中，我们彼此牵引，彼此依托
你的清澈，如同瞳仁般纯净无瑕
而我，则以井为终点
计算着渗透与溢出的距离

那不断被拉长的前程和咫尺
在无垠的时光里，流动着彼此之间的追随

泉香井，你如同尘世中的诗篇
你的空旷和寂寞，如同对春雨的渴望
在这尘世中，我们彼此汲取，彼此依赖
但心中的那份流动，如同井水般永不枯竭

在时光的长河里，泉香井是永恒的印记
在这尘世中，不再惧怕前程的远大
和咫尺的渺小

泉香井

苗红年

每一座山都有玲珑的曲线
而泉香井是颂河岭上唯美的肚脐
"我赶到这里,满身尘土
就是让清澈有洗濯的冲动"
如井中之水,戛然而至
每一滴都带着幽深的探视
生活原来是与尘土为伴
她提着透明的裙裾,我放下细长的绳索
舀取她内心的空旷与寂寞

倾慕的轱辘,在获得动力之前
早已托付终身
前程是被无限拉长的咫尺
我以井为终点,从中计算渗透与溢出的距离
像落日带走今天的激情
留下孑然一身的孤屿

我们之间,除了偶遇
多余的月色正在四处起哄

泉香井

林红梅

是花落下来成为水吗
每一口井都是一个幽深的情景
香樟村。祖母年轻的脸照亮着井水
也是十里红装啊
在水汽弥漫的日子里出嫁，回门
抵达春天的高峰
是的。我说的是多年以后
青苔沿着井沿凝固成苍翠之色
世间最干净的饱满
是对一潭水的敬畏和体贴
我知道：每一个古老的村落都有
一个穴点。泉香井
就是散点的落叶
在相互交融的鸡犬之声中
每一口井都有一段深邃的距离
或许目光太过拥挤
妇人们把白日的喧嚣和太阳的
汗水引向这里
木桶纵身一跃，犹如她自己的起伏
水飞溅而出。轻轻扫荡身体中
多余的枝叶和藤蔓

原来耐心有很多选择
看到被风吹，翻起又落下
对第二天清晨的醒来
再一次怀抱善良和愿望

传说中每一口井都通往江河和海洋
但我更喜欢在安全的井里看天空
泉香井情绪稳定，泛着
冷静的光，让女人们
努力延长桶和井的长度
今天，有如水的风，十五的月
担水回家，汩汩注入
待乳的小村庄

岭上花海

姚碧波

颂河岭，雏菊、秋英等花卉
以无数张笑脸绽放的方式
迎接我这个陌生人的到来

这边是花，那边也是花，争相斗艳
我面山而立，凝视着岭上花海
像凝视着一群风姿绰约的美人

这些花在岭上开得静悄悄
只有当无数的彩蝶飞临时
整个花海异常热闹，一派生机

沉寂的山岭以花的形式被点亮
就像烟花在这里燃放
散开了，就姹紫嫣红

在岭上种花的人，能种出漫山的温柔
如果在夜晚，我相信他
也能种出满天星辰，闪烁在岭上

寿山庙

姚碧波

寿山不是山,庙不是因山而得名
而是尹公父子率兵抵抗金兵,不幸海战中阵亡
南宋朝廷特敕封为"寿山侯"并建庙以祀

如今大殿内,是端坐高堂的观音菩萨
面善心慈,以救苦救难为己任
香火缕缕,烛光摇曳,信众膜拜

无尽的时光,穿过声声不绝的梵音
像是在空蒙中,注入了寂静
檐角下,风铃在追逐着风,铃声跑得比风快

秋雨来临时,银杏也开始黄了
雨滴打在屋檐上,落叶飘在门槛外
当秋色退去,大地开始收集万物的悲伤

寿山庙,在定海城是很有名望的
端坐城北,静候众多信众前来祈祷
国泰民安,是每个人的心愿

涵 园

姚碧波

时光在这里是幽深、寂寞的
门外啁啾的鸟鸣
也唤不醒沉睡三千五百年的阴沉木

万物随缘,有的化作一粒尘埃
有的像阴沉木,三千五百年的时光
沉睡在地下就过去了

如今,这8米多高的阴沉木让人震撼
站在鳌鱼上的观音,慈眉善目
让我心里有一股暖流回荡

这尘世的悲喜因人而异
没有人能够预知
心苦时只有向菩萨诉求

信仰犹如门缝间的一束光
哪怕再微弱,也能照亮众生
我知道,这里有我此生的牵挂

涵园，三千多年的阴沉木在说

俞跃辉

说，你说什么
说鳌鱼观音的故事
她在波浪中沉浮
只为那苦海中的众生

沉淀了三千多年的阴沉木啊
乌黑坚硬
这植物中的木乃伊
就为遇见这喷涌着海水的鳌鱼
这手持玉净瓶、杨柳枝的观世音菩萨
这是一切美
这是一切善
这是一切的普度众生

八米多高的鳌鱼观音
从三千多年的阴沉木里脱胎而出
这至美至圣的绝世佳作
在寿山庙下的涵园
等着你来

第三辑

盐仓篇

泉香亭

姚碧波

山峦青翠间,一座穿心凉亭
在山坡上,高过山路
也让颍河岭南麓的海拔更高了

泉香亭,曾作为古驿道的一部分
石蛋路穿亭而过,曾有多少人
像天上飘着的云,来来往往

寂静的亭子,守着寂静的草木
山风和阳光,一直陪伴着
远去的只是嗒嗒的马蹄声

时光流逝,不变的是大山的守望
重建的古亭成为东海百里文廊新景
这多少让人充满期待

此时,我想坐在亭子边
晒晒太阳,看看远近起伏的山脉
让视线变得曚昽起来

定海山茶园

姚碧波

人间生草木。在定海山茶园
满目翠绿让我豁然开朗,这静静的绿
在阳光下,是无数飞翔的梦想

为了与我在春天相遇
我知道,这枝头上无数的芽茶
是穿过寒冬而来的

现在,春天在每一个枝头
每一片芽茶上,绿满茶园
绿袖长舞,那是最美的时刻

时光里,茶叶慢慢地生长着
一片一片地舒展,从容,自如
谁也无法掩盖芽茶的香郁、味甘

当我品尝定海山芽茶,茶香
自有独特的清韵味,犹如甘露
成为我身体里最柔软的部分

古樟驿

苗红年

让颍河在历史中逆水而上,让绿萝成为
绝对的绳索,缚住那阵群鸟的啁啾
无法拆散的邻居,相互用静默依存
最后都活成对方的模样。我承认自己的眼盲
无法辨识斫木者的内心拥有何种的快乐或愤怒
要在转眼之间清空大自然满载的购物车

旋转的秋天,来自一枚枯叶
和击打出笑声的水漂。松鼠有意外的表演
像闪电,穿过密枝又弹射到节气之外
我终将是她坠弃的果子
那些根从来没有收留过异乡人的脚步声
也从未替蚱蜢撑开过一片滂沱的庇护

哦,古老的香樟如同晚年的士卒
皲裂的胸前挂满勋章——流尽液汁的伤疤
他们正在集体走向暮年,挡住邮驿者的去路

古樟驿

姚崎锋

几百年站着,随意赋形
站成一片浓荫,站成一片风景
聆听着中管庙缕缕弥散的佛音
连呼吸都带着清新和香气

古老的香樟树
在这块土地下盘根错节
深深扎进一个古老村庄的肌理

树杈里,多少新巢换了旧窝
密布的青苔是打开往事的密码

脚下是川流不息的商贾客旅
脚下是活色生香的百姓世相
那些人老去,那些人新生
那些房子倒了,那些房子翻新
刻录进四季的年轮灌成旧唱片

二十一位隔世的老者
围坐在一起信手翻阅老皇历

石镜岩

姚碧波

石镜山上,一块卵形的大石头
高5.1米、宽5米、厚2米,正南面平滑如镜
倚立在坡度大约45度的山体岩石上

风雨是大自然的刀,两千多年劈削下来
岩石纹丝不动,更加坚硬、圆润
仍旧以直立的方式,迎着风雨

我宁愿相信古老的传说,那是上苍的安排
是天外飞仙般落在这山上
作为当地的保护神,保佑一方风调雨顺

日出东海,日落西山
这块巨石就是一座庙宇
每天在山上,守候着山下的村庄

如果可能,我要坐在石镜岩上
苍松下,接受明月的洗礼
感受时光的辽阔与苍茫

黄沙秘境

俞跃辉

在临海靠山间
山道曲折
绿树成荫，有的房子古老
有的房子旧貌换新装
它们静静地
喊出了祖辈的声音

一处莲花，几棵油桃
"定海米道""盐仓食语"
听着山风看着海
我们把自己的胸襟打开
黄沙秘境，温暖、放松和慰藉
古树就像先人守候在路口
也无须承担什么

白鹤庙

姚碧波

在这里,让我想到了白鹤
平时是难得遇见的,它喜欢栖息在
草地、沼泽及大的湖泊岩边

更多时候,白鹤的形象隐于我的脑海
洁白、飘逸、恬静、灵性
小时候看到的年画中,白鹤总有寿星相伴

传说中,有一大群白鹤从天而降
对准侵犯颁河长毛人的眼睛、脖子猛啄
最终击败长毛人,让当地百姓免遭一劫

只要一心为他人,牺牲自己
哪怕是禽类,也能进高高的庙堂
一百四十多年来,成为当地信仰的一部分

白鹤,在真实与虚拟之间飞着
白色的翅膀,有着柔软的力量
在我的头顶飞过,转眼成了幻影

黄高岭茶亭边煮茶

陈 斌

黄高岭上,茶亭依山而建
烟雾袅袅,煮茶的人静静倚门观山
茶叶在沸腾的水中旋舞
散发出清香的气息弥漫在空中

悠然的时光在茶亭里流淌
伴随着泡茶的琴音和诗意的对话
品味着一杯杯深邃的茶汤
仿佛与山水融为一体,心境宁静安详

黄高岭的风景如画卷展开
茶园里的绿意与和谐共生
在茶亭边,煮茶的人用心灵的手艺
传承着千年的文化底蕴和智慧

茶香飘溢在山谷间
邀请着来客品味这份纯净与雅致
黄高岭茶亭边,一缕茶香
将人与自然连接,和谐共舞

西皋岭古城墙

姚碧波

一段土城墙,在西皋岭的山脊线上
蜿蜒三千余米,远远望去
像古代长城,这足够让人称奇

这段由泥土、砂石和石块混合筑成的
土城墙,有着大山般的静谧
斗转星移,墙上已长了不少树木和杂草

用手触摸土城墙,心生疑虑
建在岛中高高的山岭上
能抵挡外敌的登陆和入侵吗

在古时,船能直达西皋岭下方
据县级文史记载,一说为抗倭遗址
一说是中法战争时构筑的哨卡遗址

何时建起,为何而建,我相信
土城墙是有故事的,它守着
曾有的机密,湮没在崇山峻岭中

第四辑

双桥篇

非遗宽窄巷

姚碧波

在非遗宽窄巷,让我想起了宋高宗赵构
为躲避金兵,逃难时来过紫微岙
在这个偏僻的山岙,留下了诸多传说

山岙东西南三面,皆是大片的田野
和错落的民宅。千百年来
农户山上砍柴,山下耕作,任由风吹雨打

落难的宋高宗,被晒谷打场的村姑
临危相救。新婚女子三日王
皇帝的旨意,让舟山女子齐享洪福

皇帝在哪里,紫微星就会在哪里闪耀
许是感恩,金口一开
紫微岙就这样叫响了

皇帝来过又走了,就像南飞的大雁
掠过村庄,农户早已波澜不惊
继续着农耕生活,看天吃饭

紫微岙的地名,自南宋朝以来

一直延续至今,如同天童、百岁
溪头、畈潮等地名,能穿越时空

在深秋,从传说中出来
走在静谧的紫微岙,面对那么多河流
那么多桥,让我不时陷入怀古中

木偶戏展陈馆

姚碧波

几个布袋木偶、几件乐器、一座戏台
或一人,或三人,或多人
就能上演一出惊天动地的大戏

千军万马,全凭一双手
在幕后灵巧地操纵几根线
九腔十八调,全靠一张嘴唱着

古往今来,帝王将相,才子佳人
不同的人生,不同的悲喜
在这里,被演绎得活灵活现

那高难度的打斗、搏杀
那高亢激越的唱腔
在线收拢的瞬间戛然而止

在木偶戏艺人的眼里
指尖摆弄的不只是木偶
而是别样人生

侯家木偶戏

俞跃辉

忠义、奸猾、市侩、伶俐、鲁莽
这些都在布袋木偶里
我哭我的君王,我戏说着那些强盗
我月下与小姐相会在集市,在沙场点兵
人生就在手指和唱腔之间转换

这一根扁担、一担道具,这舞台
这紫微山水走出的小戏文班
在农村,在城市,在大江南北,走街串巷
我是沉浸在民间的烟火味
我有情有味地撒上了盐、料酒和葱花
有时眼泪止不住流下来
我的二胡、三弦、鼓、锣,我的生旦净末丑
这大爷大妈们最痴迷的爱

啊啊啊哇哇哇呀呀呀
在寒风凛冽的庙宇里演绎
在月朗星稀的广场上捻动木偶
在国内外的舞台上聚焦掌声和灯光
这一瞬就是几十年,家乡紫微侯家
那村口的槐树一直张望着

侯家木偶戏

陈 斌

空气中弥漫着淡淡的岁月气息
静谧的大厅里
传来时光的细语低吟
乍见这些古老的器物
仿佛时光倒流
回到了那个文化初起时代
展柜里珍藏着的话本
历经百年的手笔
仿佛书写着人生的篇章
泛黄的书页闪现着琴键的轻快音符
红木台象征着舞台
木偶则是角色的化身
它们动态而灵敏
传递着情感和故事的意境
木偶的面容独特而精致
笔下勾勒出神奇的形象
威严、憨态、凶狠、可爱
象征着世间各种人性的展现
观众坐在舞台下观看戏剧
木偶则在舞台上诠释角色
彼此交流，相互补充

是心与手的奇妙合作
木偶戏就像人生的舞台
每个木偶都是我们的隐喻
我们在时光里扮演着角色
用心与智慧演绎自己的人生

建安桥

姚碧波

这桥非常简陋，只有桥面没有桥栏
三孔二墩，几根石条石板叠成
看上去犹如小朋友搭积木一样随意

桥是古桥，光绪十九年十月重修
瘦弱的石桥抵御着岁月的侵袭
至今仍在顺溪，依旧古朴地静卧

有人从山坡上挑着柴担下来
有人要上山去，两人在桥上相遇
一个侧了下身，一个挑着柴担过去了

从蚂蟥山流下来的水，要经过建安桥
过了桥后不远，水系分成两支
一支叫南山河，一支叫东方河

建安桥，建安桥
从桥上走过的人，有时也会念叨下
更多的则默默地走过，如桥下的流水

吉星桥

姚碧波

如果你到了桥头施
就一定要去看一看吉星桥
因为桥头施和吉星桥是相连的

看上去很不起眼的一座石板桥
曾经定海到岑港方向的官道
就是从这座桥上通过的

交通要道,造就了桥头施的繁荣
百年前的繁华,从一座大院墙印刻的
"各省药材、南北杂货"大字中依稀可见

当吉星桥的官道被公路替代时
曾经繁华的小巷子慢慢归于平静
就像南山河从桥下静静流过

当我欲上桥,对面走来一位老者
他脚步蹒跚,但脸色平和
这桥伴随着他,从童年直到现在

继思桥

姚碧波

桥面长3.40米，宽2.29米，厚0.23米
这座石板平桥，是定海保存最完好的古桥
系夏家宗族之桥

夏氏先人来南山定居，修路造桥
继思，有继承祖宗基业、怀念先祖之意
这是舟山桥魂的精髓

260多年过去了，南山河还在流淌
青痕斑驳的石桥还守在民居门前
守着桥旁的一口古井和四季的变迁

在夜里，如果你是归乡的游子
石桥一定是醒着的
和星空一起，等着你踏上

我想，我的前生应该是夏姓的后代
石桥流水古井，这里有我浓浓的乡愁
无论我走多远，始终牵着我的魂

黄氏宗祠

姚碧波

墩头，一个小村庄
在紫微很安静，如同周边的土地
千百年来沉寂如斯

让小村庄出名的，不是
飞马而过的宋高宗，而是
黄式三、黄以周父子，晚清著名的国学大师

经学、史学，如此深邃
犹如星辰大海，而要治学有成
不知多少个寒夜青灯下的苦读

在黄氏宗祠，我看到了
黄氏父子的画像，清瘦矍铄的背后
是甘于清贫、淡泊和执着

一座宗祠，记录着一个家族
昔日的辉煌和荣光，夜空中的紫微星
依旧明亮，指引着后人

晚秋里的宗祠

缪佳祎

宗祠老了,陪伴它的那些人也在衰老
从天井里漏下的光影,是时间的裂缝
族人们来来往往,追随着红白喜气的喧闹

祖先们的遗像端坐于祠堂
斑驳了一个家族的往昔,空气潮湿
包裹住人世动荡,重如山峦

晚秋里的宗祠,有时也唱唱小戏文
和祖训认祖八句诗一起绕于梁间
"三七男儿当自强"铮铮作响

蚂蟥山古道

姚碧波

在古道上行走,白云比我走得快
一下子就翻过去
到了对面的山头上

在古道上,一棵棵树高大而茂盛
一声声虫鸣清脆悦耳
这让我越往山上爬,步伐越轻松

在古道上,我与万物共生
那些花草树木都是我的兄弟姐妹
那些飞禽走兽都是我的亲朋好友

到处都是飘浮的花香
到处都是啁啾的鸟鸣
如此美好,世界就应该这样美

古道蜿蜒向上,蚂蟥山一片沉静
我要登上狮子岩平台
把大美的山海风光尽收眼底

东海大峡谷的秋天

姚碧波

东海大峡谷的秋天,深藏于
每一片枫叶,每一枝黄花
每一丛芦絮,每一块溪石

我喜欢这样的澄明
满眼翠绿,峡谷狭长
像一只展开翅膀的蝴蝶

我喜欢这样的幽静
山高溪长,淙淙流水
轻柔地响在逆水而上的栈道上

在我眺望的高高的山岗上
微风吹过,千亩茶园
云雾间等待春天里吐新绿

秋天的峡谷,在一场秋雨后
山水变瘦了,龙潭也变小了
不变的是白龙的传说

东海大峡谷的美
在峡谷,在流水,在茶园
在每一处呈现原生态的山水间

秋天的茶人谷

俞跃辉

深藏于秋天
深藏于山谷
有茶在山巅落寞
淙淙流水就像奏响的乐器
引领着步入胜景
一汪水枕着溪石
映着五彩斑斓的苔藓
一潭水被群山怀抱
映着天空和云彩

深藏于那一树的红叶
深藏于那铺展的一枝黄花
深藏于这野趣横生的水
你我把自己深藏
偷得这片刻闲暇的光景
涌动的喧嚣在远处沉寂

茶人谷的风,从四面八方来

缪佳祎

溪水自高山而来,经久不息
它是纯净的,不愿被浊世污染
于是人群退却,空余山谷回响
其实每一种变化,都是有迹可循的
要么开放,要么固守

山谷是清凉的,风从四面八方来
芦花掌控秋天的诗意
摇摆着舞蹈,却不颓废
而一枝黄花占据了某片空旷角落
像麦田里的守望者,向往自由的荒野

水色波光,映射着岸上风景
当人类一沉思,有些庞大构想
不得不推倒重来,让原始的重归生态
让残留的茅草屋、竹篱笆和旧时光
继续编织秋天的童话

狭门龙潭

白　马

都说海为龙世界
我说山也是龙的家园
狭门茶人谷
一定是龙喜爱休息的地方

深山上的龙潭
深不见底的龙潭
我只看到一汪碧水
看不到龙的身影

但我相信
狭门龙潭
一定藏着一条龙
否则，这山谷
怎会有着许多神秘
否则，这山谷的水
怎会有一种灵性

我无法解开自然的神秘
我只能凝视着这龙潭之水
我只能在龙潭边沉思……

里廻峰寺

姚碧波

在凤凰山前，已有千年光阴了
如果去那里，峰回路转的
需要一番周折

八百九十五年前，一位皇帝慌不择路
避难于此，梵音和香火
给了年轻心灵以无穷的慰藉

七天时间，让一个王朝在这里
得到喘息，此后南下台州等地
几经周折最后建都临安

宋高宗心头的耻辱，让里廻峰寺
成为历史的见证，泥马渡康王的石像
至今仍伫立在大雄宝殿的飞檐上

里廻峰寺几度毁建，像苦苦修行的
高僧大德，大殿前的桂花
有着浓郁的生气，让人沉醉

里廻峰寺，一颗黑色果子掉下来

俞跃辉

一颗黑色果子
掉在里廻峰寺的大殿前
发出轻微的声响
当年宋高宗的叹息也是这样下来的
在禅房里，在庭院里
有时微细如清风
有时恍若一阵闷雷
谁疗愈
这一路溃败的伤口
这承载着内忧外患的心灵
宋高宗走的时候
紫微星照着山岙
百姓提着灯一路相随
他背转身
略微弯了下腰
这里廻峰寺的七天七夜
一个落魄的皇帝从此转向
一个风雨中的王朝不再飘摇

一颗黑色果子
从古樟树上掉下来

宋高宗避难的经历
在这块紫微的土地上
千百年流传

里廻峰寺

缪佳祎

车子在高架桥前拐个弯,沿着山道
草木渐渐四散,迂回的故事里
总会有云开月明,豁然开朗

里廻峰寺,将想象的静谧放大
不知宋高宗在此停留七天
有着怎样的际遇与冥想

两三株古樟,结四五百年禅心
树叶轻摇,阳光下浮尘飞舞
我偶尔经过,在树前仰望,繁华如烟云

天福古寺

姚碧波

山门关着,但晨钟早已飘到门外
那些不起眼的小花小草,在晨钟中苏醒
凡物都有了灵性,披着晶莹的光芒

伴随着寺院的钟声,拾级而上
时光漫延而静谧,曲折回廊下
静看清明时节的斜风细雨

观音殿香火很旺,一起点燃的
还有信徒们内心的火焰
祈祷观音,能够得偿所愿

在木鱼和鼓乐声中,僧人垂首诵经
阵阵不绝的梵音,在殿堂上绕梁三日
大殿外的细雨,像是开在地上的莲花

一片树叶被风刮落,飘过山门
滚过道路,被雨水冲走
这微小的事物,来过又走了

徐公桥

姚碧波

有河便有桥。在紫微河的一条支流上
徐公桥有种江南水乡的韵味
坐落在美丽的侯家,桥旁有棵古樟树相守

春天里,河水是最奔放的
一群群鸭子在桥下的水面游荡
桥边的芦苇丛,有两三只鸟起起落落

一个少女走在桥上,她是从城里来的
她的脸上有着春天的气息
她轻快的脚步似乎要赶上春风了

在桥上行走的人,有时也会停下来
看桥下的流水,从上游流下来
流过桥下,再头也不回地流向下游

三百多年来,人们早已把古桥
作为家园的一部分,来来往往的
不曾离散,就像这里的宗族繁衍不息

第五辑

岑港篇

双狮山观景平台

姚碧波

烽火墩是我国古代主要军事通信设施
在这里,日举烟旗、夜举火号
是明朝为抗击倭寇骚扰、肆虐而建

七个烽火墩遗址,是历史的见证物
一见烽火,青壮年便从四面赶来
用锄头、钉耙、砍刀、鱼叉抗击倭寇

现在我走在他们保卫家园的路上
想抵达烽火墩,接近历史
需要梳理一下激动的思绪

每一个烽火墩都尘封着一段往事
在这个山上,与时间对峙
雄壮的山峰沉默着,石头不语

站在平台上,我爱这遗存的烽火墩
爱向着天空旋转的风车
甚至爱着这漫山见证历史的草木

夕阳西下,白龙潭

俞跃辉

这是东海龙还是西海龙,在白龙潭吞云吐雾
瀑布冲击而下,水潭幽深
这卧伏在两侧的白龙和绿龙,张着嘴一口吸进泛
滥的海水
一口把水吐到焦裂的土地和嘴唇
祈祷,仿佛禾苗在拔节草木在萌发
守着白龙潭,这由此延伸的土地和人们
它们说在修行,它们说在回报

"夕阳西下,断肠人在天涯"
寡妇站在村口看着大海
直至来了白龙,伸出龙爪轻轻抚摸她的脸
寡妇的眼泪流了下来

白龙潭

郑剑锋

每一潭水都有灵魂的曲线
而瀑布是绿意山间唯美的诗篇
"我寻到这里，满心欢喜
就是让清泉有滋润的冲动"
如山间潭水，叮咚而溢

每一滴水都带着深情的感恩
汲水的辘轳，转动着岁月的轮回
生活原来是一场寻找
捧起澄明的希望，收获绵延的甘甜
品味内心的甜美与纯净

倾心的双龙戏水，在懂得欣赏之后
早已决定相守一生
未来是被无尽延绵的咫尺
我以潭水为起点，从中计算凝聚与流淌的时间
像朝阳洒满今天的热烈
唤醒沉睡已久的心湖

我们之间。除了相遇
多余的阳光正在四处洒满

白龙潭

缪佳祎

一

岑港白龙潭,溪水雀跃
欢喜地照见
一个人的童年、少年,返乡时
短发飞扬的女子
已云鬓轻绾、眉眼见褶

那抹明媚的笑
努力抵抗着渐渐衰老的日子

河流依然奔腾而下
故人向着故乡回溯,以及回望
人生逆旅,从中年开启
每一段足音袅袅,都不缺同路人
有时候是家人,有时候是朋友
往事和当下,都值得托付

石阶绿苔,印章般烙在心上
飞瀑滑落的山涧里

荡起清远的回声,抬头间
乡音已近

二

龙王宫,白老龙
在野史里,是呼风唤雨的存在
也寄寓着风调雨顺的祈愿

从城里自驾而来的朋友
惊叹于溪水淙淙
这绿野仙踪,让人相见恨晚

斑驳的廊亭,或许曾刻下
祖辈的名讳和捐助
善心的轮回庇佑着子孙绵延

传说中的龙潭福地
为尘世间造一方山水逍遥
洞有白龙,有祷则应

三

十来分钟的车程
只要一动念,便已到达山下
梦里时常撒野的潭水
追逐着龙的心跳

我把大块空白留给游人
等他们来填满深潭的执念
一场升级更新带着紧迫的意味
文字在笔下汩汩地流淌

以现实告诉过去
那些曾经以为无意义的消磨
最终成为丰富的精神食粮
反哺了故乡的山水

白龙潭

姚崎锋

无论如何,你耳熟能详
你想象,它便腾云驾雾
你抚了抚它的长须
它便低眉顺眼,吞吐一潭碧水

曲径通幽外
一瀑三叠潭,潭潭有名

白老龙、青老龙
双龙住在白龙潭
守护着村庄的风调雨顺
传说故事写在碑上
更写在老百姓代代相传里

民间的信仰很朴素
但其间的真理总让人受用

我想,即便是一颗榆木脑袋
终有一天也会开窍

东海农场

姚碧波

在秋天,每个事物都是一幅画、一首诗
就像我现在面对的
大片大片的高粱红、稻谷黄、蜜橘橙

秋天在东海农场停了下来
以金黄为主色调
让大地沉浸在金色的欢乐海洋中

春播秋收。在这里,丰收无须想象
一切都能触手可及
硕果累累,粮食满仓,农民皆欢颜

秋风盛大而浩荡,点染诱人的秋色
大地上奔跑的人,想追赶也追赶不上
任凭红高粱像燃烧的火焰,尽情舞蹈

在这片辽阔的充满希望的田野上
我要醉倒在秋天扑鼻的醇香里
让满天的金黄把我淹没

马目花海

姚碧波

我知道,这片花海是山体生态修复的杰作
大量金鸡菊种子播撒,随风飘落
在秋天花满山坡,鲜艳,明亮

看到一朵花在绽放,我会向它问候
如果有更多的花一起绽放
我会向着漫山遍野大声呼喊,向它们致敬

金黄的花,仿佛是一个个生动的小精灵
有白云飘过,带来天空的旨意
让我顺着阳光,感受最绝美的时刻

处子般的南坡,是金鸡菊的领地
而在山的北坡,有羊群在奔跑
跑向岸崖边,向着大海发出咩咩咩的叫声

比花海更宽广、更辽阔的,是秋色
每一个上山的人,都能看到金色的翅膀
在抖动,在花海间,在风车上

在马目花海行走

陈 斌

浓郁的花香,如同醇美的酒
如诗句,一点一滴注入天地

身处花海,如同一叶漂浮
在大海中的小舟,受着潮汐的摆弄
却又能自由地撑起帆,随波而过

花儿如一颗颗鲜艳的宝石
点缀在田野上,异彩纷呈
音符让人沉醉其中

每一朵花都是一个灵魂
每一片叶都是一次轮回
化作生命之光
在深处发出耀眼的光芒
守护着这片寂静的天地

黄金湾水库,向大地敞开

缪佳祎

它被困在岑港最偏僻的穷乡
却以一片富饶的海涂回馈岛民
泥螺、蛏子、海瓜子、弹涂鱼等海味
纵横这片自由而广袤的海域

当生命的密码,最终以水的密码
呈现于世,那一刻
是大陆引水工程的标志性奇迹
从海水到淡水,黄金湾水库
荡漾起时间的涟漪,波光粼粼

午后的阳光是温暖的,山岗上的风
席卷过海浪的胸膛
站上去远眺,那条通往黄金湾的公路
和路边齐人深的茅草,一样深沉

有一些隐喻是向大地敞开的
有一种飘摇是在海浪里翻涌的

黄金湾水库

姚碧波

水库偏居一隅，在本岛的西北部
一条弯弯的盘山公路把我带到这里
一脉秋水，静静地守着辽阔的灰鳖洋

一切太空旷了。从山顶往下看
水库三面环山，一面靠海
除了一道大坝，几乎和大海连在一起

舟山发展水为先。从一片滩涂
到一座水库，改变的还有动植物的命运
如滩涂上的鱼虾贝、栖息的鸟、疯长的芦苇

历经万难。从宁波姚江过来的水
找到了安身之处，给海岛人民带来了福音
像黑暗中的光，这是极其英明的决策

水在这里是最好的选择，像待嫁的女儿
要静下心来，保持清澈、澄明、丰盈
以最好状态进水厂，再流入千家万户

黄金湾水库

俞跃辉

那洒在水面上的阳光
那黄金血液的汩汩流动
从姚江穿越海底呼啸而来
一下充盈了缺乏的舟山之水
水势浩大，在黄金湾熠熠生辉

蓝天之下
我们与茅草为伍
这卑微的生命迎风舞动
大海、黄金湾依次装进胸怀
绿树红叶装扮山峦
擦亮了混浊的眼睛
不顾那两鬓斑白
美丽和自信在此飞扬
幸福奔来的水汇聚在一起
滋润那些干渴的嘴唇

黄金湾水库寻大雁

陈 斌

黄金湾水库，湖光山色间
大雁飞过，舞动着天际的翅膀
秋风吹拂，带来凉爽与宁静
在这片神奇的湖泊，追逐幸福的梦想

湖水如黄金般闪耀，辉映着夕阳的余晖
水面波光粼粼，像是无尽的宝藏
大雁齐飞，高高飞越山峦
留下美丽的弧线，散发着自由的气息

远山蜿蜒绵延，青翠欲滴如画卷展开
大雁成群结队，凝聚着团结与勇气
它们奔向未知的远方，追寻温暖的家园
在这片壮丽的自然中，演绎生命的壮丽

黄金湾水库，宛如天地间的明珠
大雁徜徉，奏响心灵的旋律
让我们驻足片刻，感受大自然的魅力
在这片静谧的湖畔，沐浴生命的希望

让我们一同追逐，那飞翔的大雁群

在黄金湾水库畔,寻找自己的方向
无论前方的路途多么艰险
我们心怀希望,扬起勇敢的翅膀

愿黄金湾水库永远守护着大雁的归宿
愿我们的梦想,在这片美丽中翱翔
让爱与勇气相伴,驱散一切的黑暗
在黄金湾水库,追寻属于我们的黎明

欢喜烟墩

俞跃辉

普普通通的民居
在田地、山坡和水库边错落有致
门咿呀打开
一个略通文墨的农家妇女
有着天然的风骨和韵味

两座山龙狮相会
烽火墩、古炮台已经哑口
龙舌水库以水当镜
映照着象征忠诚和信仰的花言庙
明丞相夏言把魂魄寄在这海岛一隅
夏氏子孙慢慢挡住海
天地柔软了起来，生活如同青草
忠孝家风构筑了天地经纬
铮铮铁骨
拒倭寇于家园之外

村民平静地看着旋转的风车
舟岱大桥、东西快速路伸向远方
他们聚焦于冬天的太阳和树木
那红色围墙的花言庙
一种欢喜油然而生

五峙山鸟岛

姚碧波

猛然间,上万只海鸟一起掠过低低的山岗
在岛屿上空盘旋着,又向着海面飞舞而去
轻盈自如,无数翅膀抖动着金色的阳光

海鸥、白鹭,栖息在悬崖峭壁、树枝和灌木丛
密密麻麻,将褐色和青翠点缀成一片白色
小小的海鸟张开翅膀,向着天空在练习飞翔

灰鳖洋上的五峙山,七座无人岛屿像七星散落
那是鸟的天堂,那是我梦见的大海、岛屿
以及没有伪装的不戴面具的无数海鸟

在这里,我的视线始终追不上一只飞翔的海鸟
一群又一群的海鸟,从我的头顶飞过
它们的叫声如此有力,像是要把涛声给淹没了

季节的深处,最终的归宿会成为
海鸟飞越的方向,哪怕在茫茫的归途中
流尽最后一滴血,也要带着梦想

五峙山鸟岛

白 马

大海上的岛屿
波涛上的天堂
鸟的乐园

鸟儿的翅膀
扇动海岸的激情
鸟的歌唱
吸引万千游人

我没有走上鸟岛
怕惊动鸟儿的梦
远远眺望鸟岛
如眺望梦一般的伊甸园

成群的鸟儿飞过
牵引视线
目光化作缆索
系于鸟岛
不愿离去

五峙山短歌

陈　斌

秋日的短歌，鸟岛的舞蹈
中华凤头燕鸥展翅南飞
它们带着自然的礼赞
振羽冲天，自在起舞

岛屿脱下浩渺的夏装
露出思绪
目光温柔地凝望远方
所有梦想涌向苍穹
而苍穹，轻拢着蓝天的悲伤

在天边，云彩的画笔已经倾斜
时光则在远方的山峦流淌
让它远些，远些，再远些
我们守在这里暂不离去

给秋天的短歌
听起来不可思议。我真的迷恋着
一只凤头燕鸥伸展的翅膀

这一颗明珠里的宝藏

足以闪耀整个海洋
我爱这浩渺又壮美的自然
爱那些坚韧者的永不放弃

我爱岛屿,爱每年往复的游客
甚至爱有些遗憾的重逢
因为,它包含着上述的一切
此生的永恒相守,不像结束
在无垠的天空中,更像
每年都会有故事的新开篇

万花谷农庄

姚碧波

万花谷以花取胜,四季繁花
姿态各异,很多花需要我去认识
在这山麓溪谷间,那是我内心向往的花园

玻璃房内,阳光拉近了我与花的距离
行走万花丛中,美的气息无处不在
明亮、饱满、热烈,绽放中带着欢愉

我所看到的花,没有两朵是相同的
它们都是兄弟姐妹
每一朵花瓣中,都隐藏着通往时光的隧道

漫步谷间,新鲜的负氧离子沁人心脾
一起进入心田的还有四处漫游的花香
远离喧嚣城市,可以让时光和心灵慢下来

云深雾浓,草木溪石,曲径流水,竹篱木屋
这样的景象让我留恋,让我迷失
我要在这里,种下桃李,播下春风

万花谷·田园梦

缪佳祎

生长

每次进入万花谷,像捉迷藏
那唯一可以进入的小径
紧挨着高速入口
在岑港老塘山隐秘的角落
有大片适合万物生长的温床
那些翻了又翻的泥泞、瓦砾
混合着水、土、风和阳光
孕育出一个平凡人的农夫梦

打开山谷,深入自由的腹地
山间的拱门与篱笆
已爬满了初夏的蔷薇,能掐出
饱满的雨水,过滤层层纷扰
轻盈无声的花朵,曾在流年里
迷失于游人的季节性表白

耕耘

植物园在不断生长
各种叫不出名的绿植看似随意地
在山谷里肆意蔓延着希望
这边是月季,那边是三角梅
它们将故乡的山水
修剪出万分欢喜千分薄醉

植物园和农场主,像两个并行的惊叹号
努力融合着自然的野趣
兴致来时,果木一季季酿造出甘甜
偶尔,也有酸涩钻入草丛

枇杷、桑葚、金橘……
就连桃子也有七八个品种
五年,十年,十五年……耕耘的意义
已不仅仅是创业创新
而是比草木丰茂更广阔的自在

果实

作为游客来采摘一点果实
不用付出辛苦,就能撷取快乐
想想就很满足

绿色小径,从来不是理想的捷径
而是通向生活底层的劳碌
只要人不虚空,丰饶的土地就会写出
浪漫主义的剧本
连飞鸟都忍不住栖息拜读

去想象一颗种子最初的模样
去摘下枝头的果实。某种新生或奇迹
是一座山谷连接世界的信号

里钓古村落

姚碧波

石柱、石横条、石窗、石墙、石门框
这么多的石材砌在一起
建起了鱼鳞状石屋,构成一个古村落

石墙夹着石巷,石巷连着石屋
石屋依着石阶,整个村庄
坚固、厚重,有着大山般的力量

如果我靠近石头,用手去抚摸
能感受到坚韧的质地
能经受住风雨浪涛的侵蚀

每一块石头,都拥有质朴的内心
一如闻姓石匠漂洋过海
择荒岛而居,钉石垒屋,安居繁衍

这里的石头颜色漂亮,石质独特
三百多年间开石不止,航海不停
因石而兴。里钓山石板闻名四海

里钓的夕阳

俞跃辉

水缸在阳光中浮起
石房从海边一直半蹲上山腰
那些草、树和花朵微醺着
柿子像小小的灯笼
还没到灯火通明的时候
它们的光亮来自本身

石宕被藤蔓灌木遮盖
石房石板路偶尔会想起过往
背后的家园杂乱而温暖
眼前,是无限灿烂的海水涌动
船在行驶,在思考
像是要打捞起什么

我们和村妇坐在海塘聊天
或者摆着姿势
连同那些鸡、狗和老人
在夕阳下裁剪精彩的造型

里钓古村,生生不息的乡愁

缪佳祎

石头不言不语。古村不言不语
只有海堤上,几位闲坐的留守老人
眺望海的目光,是孤独的
长日漫漫,偶尔有鸥鸟停泊
或许它们会捎来城市的瞬息万变

里钓的石屋、石板、石宕已形同遗迹
凝固于某个特定的年代
潮涨潮落,千锤百凿过的山体
裸露着盛大的辉煌
供游客探寻那深不可测的过往

几颗红柿挂于废墟之上,黄昏的日头
缓缓地抚过石墙,照亮一把门锁
会有人来看望它的,就像海的气息
亘古地滋养着岛屿与村落
生生不息,沉默并不会让乡愁沉没

里钓时光

姚崎锋

慢,一下子抵达内心
海堤线上,三五个闲坐的村人
将身影留给夕阳的余晖

从滩涂上赶海而来的老者
带走了最新鲜的鱼虾蟹螺

我们的到访,惊不起一两声狗吠
土鸡跃上墙头,与狗尾草一同张望
似在聆听只言片语里的外界讯息

皱纹深壑的老屋是一位位经年老者
递出枝头挑垂的吊柿和满院的橙橘

红石沉默,构筑着这里的前世今生
无声地讲述着村庄兴衰沉浮的往事

丁光训祖居

白 马

背靠着山,山山相连
山连着海,海连着山
周边有溪谷环绕
好风光
养育出一代名人丁光训

神爱世人
爱是心中不灭的神灯
爱是爱兄弟姐妹
爱是爱家乡的山山水水

对于丁光训来说
祖居是童年的一段往事
一抹记忆
是生命历程中一个浅浅的足迹

对于丁光训来说
祖居又是他的根
一条血脉
是无限眷恋的乡情

岑港水库

姚碧波

群山之中如此辽阔,一切皆是风景
而我沉浸在满山草木的青翠
沉浸在寂静之中,那是一种无敌的寂静

水面寂静,像滩边的空心草
我爱它的寂静,这种寂静带着孤独
就像水中的鱼,寂静地活着寂静地死去

一只翠鸟划过一道优美的弧线
带来了整个水面的欣喜
更多的鸟在山谷中休憩,悄无声息

清脆的鸟声,能在水面上漂浮
就像浮萍,只要有风就能漂得很远
这多像我此时的心绪,能直抵对岸

我要坐在水库边,看成片的芦苇摇曳
倾听它们在风中的絮语
带着清新、温和和草香的气息

外廻峰禅寺

姚碧波

云游天下，那是僧人的事
我是寻着王安石的踪迹而来
寺院比想象中更安静

古树参天，寺墙漆蚀，石碑斑驳
这些显示时间的力量，就像佛法
千百年来，在古刹发扬光大

观世音殿，在木鱼和鼓乐声中
僧人诵经，殿外有鸟儿在树上静听
偶有树叶飘落，带着菩萨的慈悲

古树沉默不语，以入世的方式
看着信徒前来焚香、祈祷
拂去内心的尘埃

梵呗与寺前大海的涛声，遥相呼应
那声音蕴藏着人生与自然的禅机
需要众生来顿悟

司前老街

俞跃辉

船舶走南闯北
慢慢在这里靠岸
建起房子铺上石板
炊烟升起
这条街往前走着,走向深处
光鲜亮丽的女人从拐弯处闪现
五彩服饰如云彩飘来
一阵风把街捧成神明
一阵风把街沦为蛮野之地
厮杀声、呐喊声由近到远
一阵风里有喧哗的波涛
也有落潮后的静默

每一块青石板
每一座上年代的房子
每一片在风中的鱼鲞和酱肉
都在开口,都在静默
说些烟火气,说些过往的风情和沧桑
那个躺在睡椅上的老人
抗美援朝的荣光已远去
这一刻,生命就是把经历垫在身下

与冬日暖阳亲切拥抱
就是与我们这些造访者握手说好温暖

那只猫站在屋檐上
眼神冷峻

重回司前古街

缪佳祎

上街头，下街头，相交于人生路口
沿着元、明、清的历史脉络，穿越而来
让司前古街在海洋商贸的地理版图上
飘荡繁华的市井烟火气

长约八百米，宽三四米，呈东西向
曾与白泉十字街、干礩龙头街
并称定海"三大古街"，它所承载的风云
在一个小女孩的童年影像里
浓缩为长长的青石板路，奔跑或笑闹
任坦荡自由的天性，勃勃生长

远去的记忆，在重返的某一时刻
从深海里醒来，越来越钻入内心
她以另一种身份，以诗人、作家的标签
以积累半生的人生经验、知识阅历
重新审视既熟悉又陌生的环境与语境

岑港，是故乡，是来时的路
亦是心的归处，生于斯长于斯
"出走半生，归来，仍是少年"

好像是，又好像不是
个体的记忆叠加着历史的碎片
一切叙事都有了更广阔的视角与厚度

司前老街

姚崎锋

千百年的风雨总要带走一些什么
也同时留下了更深切的记忆

如果进入时光隧道
六国港口的点点遗迹便会呈现
它波澜不惊的讲述
像极了老街沉稳而厚重的品性

现世安稳,老猫在屋顶坐卧
木结构的老房子以及巷弄深深
青石板上的足音仍在叩响

再把目光放远些,一路之隔的岑港航道
海岸线依旧绵延深阔
潮水日复一日地回味着曾经的热闹繁华

马目风车营地

姚碧波

舟岱大桥,烟波浩渺,海天一线
在本岛西海岸的马目风车营地
山海的距离是如此之近

阳光静卧延绵起伏的山岗上
漫山的风车把山顶推向更高
海风轻拂,像是海的女儿献上的亲吻

我是从城里开车过来的
为了看满眼的蓝天、碧海和风车
我爱这些绝色的大野之美

在山岗上,时间形同虚设
天空敞开着,山脊一片葱翠
大山静谧,万物也是静谧的

坐在帐篷下,看大海辽阔
看天空蔚蓝得虚无
我想把自己放空,交给这蔚蓝的虚无

我们在马目风车营地相亲

俞跃辉

风车在头顶旋转
它嗡嗡带动了风、气流和天空
潮汐涌动,太阳在不断变换角度
我仰视着这庞然大物,耳边嗡嗡地响
这是最美风车王国,山海相连
舟岱大桥蜿蜒穿行

心在山海之间
我们与山峦与植物相亲,与海水相亲
与帐篷相亲,咖啡、水果、食品都是相亲对象
与相爱的人相亲,与朋友相亲
与素未谋面的大人、孩子相亲,与摇头摆尾的狗相亲
留下什么呢,留下这光影的瞬间吧
换一个角度换一种造型都是沉醉的时刻
你有万般风情,我只是屏住呼吸
相亲的语言都在我的快门里

与旋转日月的风车相亲
与慢慢坠落的夕阳相亲,与晚霞相亲
与海中静止或移动的船相亲
这是爱的时刻,相亲的王国

第六辑

小沙篇

三毛祖居前

姚碧波

三毛祖居前,种着一片橄榄林
漫步绿荫下,让我有种
与少年时代偶像不期而遇的喜悦

橄榄树倾注了三毛毕生的热爱
她唱着《橄榄树》,一生都在流浪远方
只为了追寻梦中的橄榄树

只是"地图上的小点"的故乡
三毛曾来过,这是她最柔弱的那一茎叶脉
像一片树叶在空中飘零,最终回到故土

"要做一棵树。一半洒落荫凉,一半沐浴阳光"
这棵树,应该是象征着
生命、和平和爱的橄榄树

在橄榄树下,我会坐下来
等三毛骑着撒哈拉沙漠的骆驼
唱着《橄榄树》,穿过黑夜而来

三毛祖居

郑剑锋

风烟斑驳了岁月，沙尘扑面染天
小沙女用流浪的文字，烫红了天边的艳阳
却仍能感到，那撒哈拉的沙尘在眼前弥漫

何时起，时间被木讷地凝结
那流淌的岁月，被无情的风暴
或隐或现地遮挡。撒哈拉
只因你的经过，灵魂如破晓的曙光
冲破胸膛。荷西的名字
在沙漠中，独自游荡

古老的屋子里，空气仿佛还弥漫着
传说中的味道和你的笑声
如流亡沙漠的鱼，倔强地寻找着相似的岛屿

世情的悲欢离合，浓烈又惨淡
如同这黄昏中的剪影。老屋的侧面
与你我相依。流浪者啊，你在纸上漂泊
与这独立且强大的旷野，一同栖居

此刻夕阳如血，落在海面

一个新的剪影与老屋的侧面
相依相伴。或许这便是生活的真谛
流浪与寻找,独立与相依
总在寻找慰藉,寻找理解
却发现这世间最真实的温暖
就藏在那份倔强与坚持中

三毛啊三毛,你的名字如歌
唱出了一生的漂泊与寻找
而那撒哈拉的沙尘中,却有你最纯真的笑声
老屋的角落里,有你最深情的泪水
在这条路上,我们都是你的影子
倔强地行走,寻找属于自己的岛屿

三毛祖居

姚崎锋

也许你已经很熟悉这里的布局
你无数次来到这里
因为一个人——三毛

喜欢一个人,爱一个地方
需要你深入它的蛛丝马迹

比如作家林
比如三毛散文奖展陈馆

比如,路边的花丛中
翻飞着许多美丽的大蝴蝶
是不是来自宝岛的品种

比如,走进一家"台湾卤肉饭"
聆听了老板丰富的人生经历
一碗豆花便吃出了别样的乡音

有人说,行走的三毛最美
我说,行走中的发现与探究同样很美

再见三毛祖居

林红梅

这是一条逆风的路,空气中
有风化的时光。在小沙
尽管艳阳烈烈,我依旧能找到
撒哈拉的沙尘
什么时候时间被木化了?
这么多年徜徉的风暴被明亮
或阴晦的路灯遮挡
幸好有你的经过。似乎那些
响亮的姿态,冲出胸膛的灵魂
和那个在沙漠中游泳的荷西
都是我们远远地凝望
老屋的空气中飘荡着传说的味道
你看,你还是躲不过
一个女人的谶语
但我更理解你也是
一条流亡沙漠的鱼,倔强地
寻找着相似的岛屿
世情惨淡又浓烈
纸上的流浪者合二为一,栖居
在独立且强大的旷野上
此时夕阳落在海面

一个新的剪影和老屋的侧面相依偎
或者说，需要慰藉的不是你
尚存的我们，只能借用
剩余不多的虔诚
把自己明亮的部分
用一整个秋天来象征

青林玉镜观景台

姚碧波

谁能想到,青林水库成了一面玉镜
玉镜里外的事物,犹如在仙境
青山绿水只应天上有

满山草木,绿草、红叶、黄花
鸟啼三两声,如轻烟般从远处飘来
此时与山下的村落,恍若隔世

站在观景台上,看玉镜里
一汪碧绿碧绿的水,十分柔软
有无数的金光在阵阵涟漪中奔跑

黄昏时分,玉镜沾染了五彩晚霞
灿烂夺目,变幻多姿,美到令人窒息
那是看不尽的人间美色

天际无比寥廓。在落日的怀抱里
青林水库、跨海大桥、风车和群山
十分安详,像一首田野诗般沉静

鹅鼻岭

姚碧波

鹅鼻岭是一处绝佳的露营地
作为古驿道,山道蜿蜒,环境清幽
山脚下山塘的水清澈透亮,堪比九寨沟

在这片依山傍水的绿地中
以露营的方式,与大自然亲密接触
远离尘嚣,静听鸟鸣虫吟

约上三五好友,在帐篷下喝茶聊天
或者一个人,默默地对着大山发呆
任凭阳光在遍地的丛草上奔跑

我会躺在青草地上,抬头仰望
天空高远、辽阔,蔚蓝得虚无
此刻,我也想把自己交给虚无

暮色从山那边过来,夜色加深
看璀璨的星空,倾听天籁的声音
等待满山虫鸟的鸣叫唤醒黎明

在鹅鼻岭露营基地

缪佳祎

一

日月有镀金之力
能将寻常、平庸的生活
染上黄金般的色调
鹅鼻岭传说总是离不开
向天高歌的白鹅

人类的情感与神迹混搭着
构成一个现代露营基地
重新打开天地的通道
今天的烟火气,昨日的古驿道
如此契合地勾勒出图景

要允许彼此缠绕,允许草叶
抽出嫩绿的希望
大地和这个世界的关联
我们和这个时代的步调
越来越紧密

二

十几年后,我们的再次相遇
不是在城市的某个拐角
而是乡野的呼吸里
自然得仿佛一转头,那个人就站在
亭亭如盖的树下

成长是分别后的必然
成熟躲藏在彼此的眉眼里
但我们依然笑靥如花
相信凉风有幸,捎来问候

在鹅鼻岭上坐下来
我们聊聊彼此的近况
孤独暂时静默
炊烟飘向云端

三

很多车载着城里人
赶一场秋天的市集,阳光驱赶着
四五只羊走在光影里
鹅鼻岭村口的老人紧跟羊群
他来回踱步
已构成风景的一部分

很多人带着自己的宠物
穿梭于露营基地
它们轻闻着草叶
寻找气味相投的朋友
当孩童温柔抚摸可爱的毛发
治愈的能量正慢慢散发

三毛书屋

郑剑锋

此间风物,依旧是故园模样
时光倒流,木门轻叩,唤醒沉睡的故事
小院静谧,空气中飘荡着过往的尘烟
那些温暖而沧桑的细节
如同流沙,在指间缓缓滑落

纸上的流浪者,笔下生花
流浪的灵魂,寻找着属于自己的天空
旷野无垠,独立且强大
这里是流浪者最后的归宿

夕阳如血,海面铺满金色的余晖
剪影交错,依稀可见故人的容颜
世情惨淡又浓烈,却始终无法
抹去那份执着的追寻

你,倔强的鱼,在沙漠中游弋
寻找着相似的岛屿
也许,只有在这片流浪的土地上
才能真正找到内心的宁静与安详

秋天来临,虔诚已所剩无多
只能借用这最后的信仰
来点亮这个秋天
让那些尚存的故事
在夕阳的余晖中静静绽放

文明桥

姚碧波

这座石板桥在大沙老街存在太久了
桥下的溪水已经流淌了250年
桥梁上"文明桥"字迹依稀,让人联想

桥建在这里,是为了跨越溪坑
连接隔断,让两边的人们自由来往
曾有过多少的婚嫁、丧事和农耕

在流水间,桥像浮浮沉沉的鱼
上演过多次的修缮或重建
从桥上走过的人,则像桥下的流水

走过这座桥,就远离了故乡
有的人甚至一辈子也没再回来
小桥流水是否会在他的梦里出现

来来往往的人,不时经过此桥
一两声汽车喇叭的叫声
把我从思绪中拉回现实

兴舟杨梅种植场

姚碧波

杨梅开花的时候,我没有上过山
现在,杨梅已经结果
红红的杨梅在树枝上,等着熟透

举目所见,雷公山下
两百多亩杨梅树占据着一个山坡
密密麻麻的杨梅,闪红烁紫

杨梅有着极美的容颜,亮丽鲜艳
当我走在杨梅树下,能清晰地看到
红通通的脸蛋,有的已红得发紫

一颗颗杨梅挂在枝头上
时间带来了甜蜜,带来了累累果实
那里有着蜜蜂也想知晓的甜蜜

在树上,杨梅的内部我无法进入
那些枝头上熟透了的杨梅
受大地诱惑,来了个美丽的抛物线

丰润果园

姚碧波

成千上万的金黄色,在满园的枝头上
闪烁,如此偌大的场景
看上一眼,就会铭记在心

橘子的成长过程,多像乡村少女
从小到大,从青涩到饱满
漫漫时光里,有着满满的期许

枝头越来越沉,像是被丰收撞了下腰
那里有橘子的甜蜜和芳香
那里有秋天的温馨和丰盈

一个个多么俏皮,披着阳光
像个金黄色的童话世界
引诱着我,想让我重回少年

这满园的橘子,让人心生欢喜
一盏盏金黄色的小灯
点亮深秋乡村天空的澄明

潭陈古井

姚碧波

井水清澈、充盈,有着无限的泽光
那是大地的灵魂,富有蕴含
许多云朵在水面上跑过,那是打开的美

幽深,看不到古井的底部
一切藏在水之下
那里是否有奥秘,不得而知

古井不像花朵,随季节而绽放
两百多年来,它一直在这里,以水的形态
坚守着,和井边的大樟树一起历经风雨

井限制了水,但同样拥有一颗辽阔的心
就像大海,是从一滴水开始的
井水滋生出许多,像土地生长万物

在这里,让我想起家乡的井
那里有我儿时的欢乐,生命中温柔的部分
我要打一壶井水,背着它走向远方

潭陈古井边畅想

陈 斌

古井边，默默守望着岁月的流转
沉淀不下来的泥沙，混浊了清澈的泉水
我俯身观赏，思绪也跟随着井口
向下延伸，穿过时光的迷雾
我想起了自己的经历，如同井中的水
曾经纯净而明亮，却因为时间的冲刷
变得泛黄、暗淡，不再是曾经的模样
但即便如此，我还是会向着那个方向前行
像井水一样顽强
因为我的灵魂已经在这里根深蒂固
我站在这里，能感受到时空的交会
过去与未来的碰撞
在心灵深处，守望着那些曾经流逝的岁月
世界如古井
把复杂的风雨养成清静
又把简单点滴会聚成幽深
它充满着智慧
从无尽中汲取念闪
让人无法猜测多少次渗透和接纳
才能抵达启示
才能编著成故事让思考的绳索
来打捞其中波澜不惊的深度

潭陈古樟

姚碧波

一棵大樟树，以自己的茂盛和翠绿
守着潭陈古井和这片土地
这是何等的壮观，何等的雄心壮志

大樟树每天静静地站着，坚守着
在有风没风有鸟没鸟之间，生长着
保持向上的姿势，等待弯曲、衰老的到来

零距离亲近大樟树，犹如亲近我的亲人
树皮饱经沧桑，缄默已融入绿色的血液中
就像这里的人们，缄默地守着各自的生活

枯与荣，生与死，谁也无法预知
古井与老树，一起背负着岁月的承载
在这里，执拗地等待你我的到来

我坐在大樟树下，感觉时光悠长
像夏天的下午，被蝉鸣拉得长长的
等待风雨来，让老井更幽深老树更翠绿

余家古村

姚碧波

石头屋、石围墙、石台阶、碎石路
蜿蜒的村道、古朴的木门、镂空的隔窗
置身余家古村,仿佛走在两三百年前

这里的原生态仍在流水间沉睡
保存完好的古宅民居,苍翠欲滴的山林
有着世外桃源般的幽静淡雅

晒满一斜坡的玉米,金灿灿的
院落前柿子树上的柿子,沉甸甸的
在这里,每一个转弯都能点亮眼睛

村头,几棵参天古树像老人站着
盼望着在外打拼的游子回乡
有炊烟升起,村落显得生动和温馨

大桥开通后,很多城里人开车
来到古村,拍照,打卡
和旅游接轨,古村正擦出灿烂的火花

余家古村

俞跃辉

我走进那古村的时候
村口停满了车子
有的来看望老人,有的来拍照、钓鱼、看风景
村人正在建门楼
他们抬着石头,拌着泥灰,吭哧吭哧
眼睛偶尔跃出一丝光芒

我在大树边静坐
呼吸着那富含负氧离子的空气
耳边响起鸡鸣犬吠,老人喊着孩子来啊来啊
孩子说阿爷阿娘再会
我深入村子,那石头垒筑的房子、街巷,
升起的炊烟
每座房子都经历岁月,墙上长满了青藤
碰到老人沿着石头台阶走路,见我好像有些羞涩
这灾难厄运都打不败的老人

走过村子,是一方池塘,连绵不断的荒草
是大海,浪花围绕唱着永恒的赞歌

余家村漫步

陈 斌

抵达余家，石头铺就的小路
我漫步其中，感受着不平的节奏
石头屋沿着路边静静伫立
仿佛倾听着寂静的故事
石块间的缝隙，时光的印痕
透露出岁月的痕迹和沧桑
这些石头承载着家族的传承
经历了风雨洗礼，依然坚强
宛如诗人笔下的文章
石头屋是历史的见证
墙壁绘着无尽的画卷
诉说着曾经的光辉和离愁
石头屋是时间的守望者
见证着时代的变幻与不朽
静静地展示着岁月的质朴
我在石头屋的门前驻足
凝视着眼前的美丽与安宁
这是石头的诗篇，在静谧中永恒

长白碾子坊

姚碧波

在后岸村,有一个大碾子
由石碾、碾盘和横旦等组成
据说是清代的,且全省最大

如今,这个大碾子孤零零地躺着
多么落寞,像破旧的碾子坊
冷冷清清,被岁月的尘埃覆盖

昔日,石碾被黄牛拉着或人推着
日夜不停地转动,发出沉重的声响
不知碾碎过多少粗劣的粮食

其间的苦,随着先民们远去了
石碾的心早已冷却
清风明月也难以将它唤醒

在海岛的乡村
有多少这样的石碾
被人遗弃,又让人难以忘怀

吉祥寺

白　马

一朵梅花
在何处开放

寻找一朵梅花开始
寻找一座古寺

吉祥寺
传说中民间又叫红梅寺

梅花
是内心的纯美

吉祥寺
一方平安吉祥

都是好名
都是美与吉祥的名字

一座古寺
曾经有过的兴旺

普陀山没有兴旺之前
吉祥寺早已兴旺过

一座古寺
在岁月中隐没

但一种信仰的力量
在内心生长

我看到
一朵梅花仍在吉祥寺开放

报道春天的信息
绽放心灵的纯洁

净土禅院

陈 斌

一片静谧的净土禅院
佛光照耀在枝叶间
合掌参禅,渐入定
身心合一,顿悟无常

历经风霜的木门
沉淀下的岁月之音
敲响了心扉的空灵
让灵魂得以自由翱翔

世俗的纷扰,此刻消失
只留下内心深处的净土
寻觅生命的真谛
把握当下的每一个瞬间

禅音阵阵,香火袅袅
经文声中,弥漫着慈悲之念
参禅者在这里沉淀
和谐共存,达到平衡的境界

白马庙

姚碧波

在海岛的晨曦中,一匹白马
行走在沙塘上,当它
静静眺望大海时,就像一座雕像

这样的场景,只出现在我的梦中
现在,这匹白马已成为神
被当地村民供奉在庙堂之上

快如闪电、扬着长长鬃毛的白马
应该出没在草原上
扬开四蹄,去征服那无边的天际

这传说中在沙塘显现的白马
如天马行空般渡海而来
村民们说,那是神灵派来保佑的

两百多年前,这匹白马是否出现过
已不重要,如今白马在这里
守着一方百姓,风调雨顺太平无事

复翁堂

白 马

站在古朴的复翁堂前
历史的一幕眼前浮现

当一道迁徙令
下达到海岛舟山

在无数男女的哭声中
一个叫王国祚的男人站了起来

一个男人站了起来
所有的男人矮了下去

今天,我用诗句
无法诉说这传奇故事

一个平民是怎样走到京城?
一个普通百姓是如何面奏皇帝?

因为有了一个叫王国祚的男人
海岛家园又升起袅袅炊烟

历史记着他
百姓记着他

一座简朴的复翁堂
便是对他最好的纪念

甩龙桥

姚碧波

晨曦抵达时,早已有人出门过桥了
拱形的石桥,古朴雅致
桥石斑斑驳驳,横卧在大溪坑上

桥身宛如一条倒甩的蛟龙
在昼夜轮回中,在流水与流水之间
坚守了一百七十九年,成为村庄的文化图腾

我来时已是秋天,流水瘦了许多
穿过桥下,去了不远处的河流
部分流向田地,那里有稻谷和秋虫

每天过桥的村民,内心掀不起波澜
跨越的只是门前的那条溪坑
桥这头,桥那头,其实都是家门口

那些过桥前往吉祥寺祈祷祝福的人
就像神秘的古寺早已了无踪影
如今,只有花厅的井头活着

甩龙桥

白 马

甩龙桥
一个独特的名字

桥建在那里,大水出龙时
让龙一直奔向远方

我从甩龙桥上走过
桥身还是那样坚固

经历了百年风雨的桥身
便是坚固的龙的脊梁

甩龙桥上观秋景

陈　斌

风吹过青石板的褶皱
我迷失在悠长的岁月里
枯叶悬空，梦想绵长

夕阳斜影映红霞
清澈水中倒影沐浴尘土
山风吹拂古樟树影摇曳
落叶如诗，寂寞如画

远山处，雨泽滋养山水
历史模糊中流动的梦境
轱辘转动，命运交错
乌桕叶四处起哄，岁月静好

冬色之美盖过初春
黄昏如谜团，窗棂泄密时光
霜华成卷，晕染故事悠长

甩龙桥上，古老的哼唧
牵引着岁月的轨迹

秋风拂面,诉说着古老的传奇
我在甩龙桥上,静观秋景

第七辑

马盉篇

陶然草庐

俞跃辉

像陶恭从卧佛山上走下来
带着花草树木的清香
缓缓走进那个叫景陶的乡村
他潜心编撰的《昌国县志》如同涓涓细流

六十多年后
像陶恭的孙子陶积
他一次次穿越卧佛山的竹园和樟树林
在叮咚作响的泉水中眯缝起眼睛
他辞官还乡与祖父相遇在续修《昌国县志》的缘分里

像募集义勇、积极抗元的临安尹陶回孙
像"终身不仕元""守父庐墓而不仕"的陶椿卿
像不畏权贵的监察御史陶铸
这些马岙的先贤,历史的风骨
曾经在卧佛山下简陋的草庐中烹茶吟诗
立志盟誓

陶然乐也
草庐美也

"翁山樵隐""光霁堂"
就着那仿古陶然草庐
续写新的《昌国县志》

杨家池古井怀古

陈 斌

古井深沉,水清见底
承载着岁月的记忆
回溯到那遥远的年代
仿佛听见了历史的呼吸

杨家池边,曾是一片繁华盛世
如今,只剩下一口古井
但这古井深沉却不减其威严
仿佛它还在守护着这方天地

站在古井旁,我感受到岁月的沉淀
一代代人的生活,都与这口井息息相关
从井里打水,洗衣、浇菜、养鱼
每个场景都在这里上演过

古井中的水波荡漾
仿佛也在诉说着历史的沉重和悲壮
我默默祈祷,愿这古井能永远存在
让人们能够时刻铭记着历史的记忆

南风知否

俞跃辉

要有这样的空间
轻奢中带着沉醉
山风携带着林涛
阳光一片片洒落
你呼吸了田野，聆听了山泉
卧佛山慢慢走了进来
音乐总是在这样的时候出现
舒缓、优雅或奔放
绘图书本呈现迷离的色彩

要有这样的空间
落地玻璃窗透明无碍考究的原木材质
匠心独具的器皿
这时，轻轻搅动咖啡
南风知否，南风知否
我循着那丝丝缕缕的香气晃了过来

南风知否

刀　鱼

来到南风租住的小院
看到草木笔直新鲜
供奉着卧佛山
就觉得草木何其有幸
行者何其喜欢
听或者看
远处的空旷
路边的果园、菜地
就连鸟鸣都是绿色的
如果屋内的人走到屋外
坐在院子中间
惬意地喝一杯咖啡
仿佛空气也微微转甜
屋中的人
则利用竹编、绘画、涂染
打造手工非遗
这是一种
古朴的传承
比钢筋水泥有诗意
小院成为扬帆的航船
南风
将用一生在这里打卡

站在团结水库大坝上

姚碧波

走过彩虹天梯,站在团结水库大坝上向北远眺
一马平川,城镇、土地次第展开,更远的
是大海,金黄之下呈现的是宁静,是祥和

在这里,从新石器时代开始的春天还将呈现
就像先人们点燃过的火种还将点燃
就像无数的草木落地生根,枝繁叶茂

马岙的历史,是从先人们驾着独木舟
靠山而居、依水而生开始的
是从磨制石斧、制造陶器、从事渔猎开始的

付出劳动、血汗和生命,在大海边
建起最初的家园,这闪着光芒的史前文化
比万亩盐田上的盐粒更晶莹夺目

在马岙,是无法绕开稻谷的
最初是从一粒稻谷开始的,遍地的稻香
在袅袅炊烟间,让人类开始远离荒蛮

春天打开了一朵朵花,打开了马岙的

山山水水。六千年过去了，那些深埋地下的
陶器，以各自方式守护着最初的美丽

这个春天，梦幻般无尽的富饶将在大地上
一一呈现，此时我要静下来理一下思绪
以免被山头飘扬的杜鹃花淹没

漫步在团结水库大坝

缪佳祎

我们习惯在山脚,仰望山顶
大风吹过,卷起扶摇而上的向往
稻草垛,堆叠乡愁与记忆
和土地上的庄稼一起等待最好的收成

团结水库的大坝,一级级,一层层
将乡村的故事不断送上云之彼端
文旅相融的根须慢慢钻入泥土
成就另一种蜕变的姿态

天真烂漫的小姑娘跑过大坝
裙角飞扬,似蝴蝶翻飞
这最轻盈的画面,镶嵌在大地上
开启美丽乡村的图景

马岙博物馆的石斧

姚碧波

在马岙博物馆,我注意到陈列的石斧
一把一把,大多厚厚的,刀口钝
锋芒只是石斧上飞翔的青光
厚重、质朴,才是石斧内在的本质

这让我想起先人们,用石斧砍伐
一下一下地,一定很艰辛
得使出浑身力气,花上很长时间
那是无法复制的艰辛,凝聚着勤劳和坚毅

在石斧不断光滑、精致和锋利中
从石器向青铜挺进
一把把石斧,让六千年的时光拉近
先人们的手印,至今还留在石斧上

马岙博物馆的特大石犁

姚碧波

一件石犁器型特大,等腰三角形
长63.5厘米,尾宽47厘米,厚1.8厘米
用页岩磨制,二腰有刃,上下左右钻孔,用于绑缚木架
底部中间,有一道8厘米宽绑缚木架的痕迹
这一看上去粗大笨重且满身坑坑洼洼的石犁
作为稻作文化的组成部分,在博物馆里
在一堆出土的石器中,无疑是最耀眼的
它代表了当时人类最高水平的耕作工具

使用石犁,种植稻谷,这是先人们智慧的体现
以水滴石穿的意志和毅力,把石头磨成犁的形状
在一个个土墩上,没有牛马,先人们就用自己的身体
拖着沉重的石犁,在黝黑的土地上,翻土耕作
洒下汗水,也撒下一颗颗孕育希望的种子
在这里,我要为这件石犁写上一首诗
因为它拥有一个令后人都感到骄傲的称号
"中华第一犁",这是考古专家考证后的评语

在马岙博物馆

俞跃辉

先人的场景展现
火堆边烧烤食物
洼地上打造独木舟
戴着草帽系着兽皮,一件件石器精心打磨
他们把我们的生活打开

海风刮倒了草屋,他们在突然降临的暴雨里无处安身
瑟瑟发抖
朝着那个方向呼叫
我们听到了吗,祖先的声音
我们的哪根肋骨在回应

那些年,那些年
祖先在这里耕耘、晒盐
垒起高高低低的土墩
他们把海浪推出门外
微风送来春天,黄牛犁开土地
我们是否听到那些骨骼萌动的声音
那一阵阵响彻云霄的呼喊

走动或沉思,我们就是那群耕牛
犁开祖先用生命相送的土地
哦,那金子般的土地

马岙博物馆

缪佳祎

博物馆，是一条通往未知与求知的捷径
有时惊艳，有时伤怀，更多的却是厚重
马岙博物馆，以海岛乡镇的方寸之地
承载舟山海岛渔村六千年的文明史
"海上河姆渡"从此闪耀光芒

土墩遗址只是表象，深埋于地下的
石器、陶器和稻谷才是精髓
它们以碎片化的方式，出土、凝固、风干
成为馆藏之宝，为世人解读悠远的神秘

此次，我未曾在意传说中的陨石
而是沿着岛民生活的痕迹，沿着新石器时代
向着纵深的海洋文化、渔猎文化推进
河姆渡之书，那浮光掠影中的一点点答案
可以读了又读，反复咀嚼

在人类历史的长河里，蹚过一小段
便已足够。出门转弯
继续走，不经意地在路边
撒下饱满的谷粒

在卧佛山庄，山也是有尊严的

姚碧波

在这里，山也是有尊严的
即便要卧也要卧成一尊佛，好让人来瞻仰

远山迷离，云淡风轻，鸟掠过消失在山中
如果要上山，就一个人静静地靠近山
用身心去感知山的春天，倾听山的呼吸
每一棵树，每一株草，每一块石，生动而亲切

卧佛山，天荒地老的，比人类存在得更久远
面对它，人的一生很短暂，一下就过去了
就像山脚下那些曾在溪水里玩耍的男孩
那些曾在田地里劳作的村民，最终被泥土覆盖

山的历史留在山中，无论我是思考、遐想
还是什么也不想，呆呆地望着，山像卧佛不动
只有山水从高处流下来，向前，向前
汇聚成流向海而去，去重温大海的浩瀚

卧佛山庄看古树

陈 斌

卧佛山庄,古树参天
枝繁叶茂挡不住落日斜阳

古树依旧守望岁月更迭
见证了无数人的悲欢离合

在山庄深处,一株佛前古树
静候着岁月的荏苒和风雨的洗礼

树影婆娑,如同禅意般悠远
映衬出山庄主人悟道的身影

古树根系纵横,扎根于历史长河
聆听着前人留下的智慧和故事

当我行走山庄间,凝望这古树
仿佛灵魂得到了片刻的慰藉和安宁

卧佛山

姚崎锋

用满山的青翠
擦亮疲惫的双眼
寻找佛的安然体态
你听佛在山间微笑
这边或者那边
像一阵风跑过
不管你看不看得见
不管你听不听得见

安家石板路的春天

姚碧波

四月的桃花开了,开在村头
在安家石板路,开的是小花,绿的是小草
尽管有些不起眼,尽管有些不知名
金黄的,翠绿的,让人与春天触手可及

春光停留在白墙上,停留在每一片绿叶上
石板路两旁,院落修葺一新
古老的村落,饱经人世间的沧海桑田
美丽经济让村庄复苏,就像春天让万物复苏

有水从高处的游笔溪流下来,流进村庄
流进春天,流进走在石板路上每一个人的身体里
在安家石板路,我所邂逅的那黑衣少女
就是春天的模样,有着桃花的娇美和自信

我的乡愁是祠堂,是古井,是那一幢幢的老宅
是老人坐在那里,阳光落在她的脸上平静如初
数不清的铜钱草,在砚池里,在庭院前
朝着天空的方向,加深春天的颜色

洋坦墩遗址的稻谷印痕陶片

姚碧波

陶片太多了，这些来自新石器时代的陶片
每一块都很珍贵，而我独独钟情于
那些印有稻谷印痕的陶片。在夹砂红陶片上
稻谷金黄而饱满的样子，是如此清晰

这些稻谷印痕陶片，是从洋坦墩遗址出土的
五千多年前，先人们在马岙用石器耕作，种植水稻
从刀耕火种，向着锛耕、犁耕的耕作方式挺进
在南方甚至更广的地方，千百年来，水稻养活了人类

一切太遥远了。这些稻谷印痕陶片曾在黑暗中沉睡
与土墩为伴，也曾有雨水流过，有虫爬过
甚至在时间的印记上面临风化。稻谷与陶片
是如何连成一体的，这些只能靠推理来填充

先人们或许不曾想到，这些稻谷印痕陶片
有一天会重见天日，会在马岙博物馆与我相遇
这些大小不一、表面粗糙、夹砂红的陶片
由于有稻谷印痕，每一片都闪着穿越时空的光芒

凉帽蓬墩遗址

姚碧波

凉帽蓬墩遗址上,遍地的芦苇在风中飘摇
无论多弯曲,风一过,挺得直直的
这起伏不定的生命,茁壮繁茂,生生不息
承受着六千年的孤寂和凄苦
先人们以石器、陶器,以土墩的形式
留在这里,就像轮回的四季从来没有离开过

我听见泥土深处,陶罐发出的声音
带着新石器时代的问候,那么亲切
不要去惊动它们,不要去挖掘它们
火光早已熄灭,陶罐早已破碎
在泥土深处,其实是陶罐最好的归宿
来自土归于土,和泥土情投意合,厮守终生

在遗址上,我要站成一根芦苇
和遍地的芦苇一起,替先人们守护着土墩

居山小院

姚碧波

小院，早已不是旧时模样
几间瓦房很雅致，非遗手工、休闲品茗
贫困与落寞，似乎就在一念间

文廊美丽公路就在屋前通过
卧佛山青翠，遍地稻花飘香
各色夏花开了一程又一程

这里的美需要一双发现的眼睛
这里隐藏着小小的萌动
就像阳光落在树叶上折射出绿意

用眼睛抚摸那些落在庭院的光芒
有时一朵葵花的梦幻就足够了
足够让我的内心荡起双桨

在夏雨中，我喜欢坐在院子里
品茗，听屋前蝉鸣屋后蛙鼓
等待暮色从大地上慢慢升起来

居山小院

俞跃辉

白墙黑瓦的房子里自有乾坤
卧虎山泥土和植物的气息经久不息
那些树木和花朵呼呼赶来

它有什么,有螺钿镶嵌
螺壳与海贝上磨制精美的人物和花鸟
它有竹编工艺,穿成中式串珠,打成花结
它有永生花,这永不凋谢的生态花

这是一个非遗作坊
不起眼的手工技艺
古老文化闪现时尚之光
你静心地描摹、捶打或编织
这是你的处女作
你将想象、手和物料连接
慢慢地把它变成自己喜欢的模样

这卧虎山下的小院
接受自然和非遗的馈赠
越来越多的年轻人享受并珍惜这个时光
他们一点一点地透出光芒

寂照讲寺

俞跃辉

阳光寂静
卧佛山下的这座古刹
经历三百多年风雨

佛说,请纳入寂静的虚空里
僧说,我是唯一的僧侣

他烧香拜佛行住坐卧担水砍柴
他一天一天地撞钟

寺说,岁月在我的身上留下沧桑
佛,就这样一个坐姿从秋天坐到春天

你说,你和你的同伴说
我们只是过客,就像大雁在湖面留影
倏忽不见

阳光寂静地照着
谁挥挥手
讲吧,讲吧,不讲也罢……

第八辑

干碛篇

南洞艺谷有蜜蜂在飞舞

俞跃辉

蜜蜂飞舞
在农家小院、羊肠小道、青山绿水间飞舞
在春的讯息和爱的构想间飞舞
在绘就的油画间飞舞
我无法解构她的秘密
山谷朝东,农田、山岭、水库和民居错落有致
旭日东升之时,谷口霞光灿烂
这里是天然大氧吧,花草树木的气息氤氲着
曾经我只是为她的幽静和纯粹所陶醉
从什么时候起,功勋号绿皮火车开了进来
墙壁上戏曲涂鸦是美丽的符号
四季花海里有女子的红头巾在挥舞
大学生支起画架对着山岭的云雾或村口的狗沉思
乡村艺术馆妇女们编绳结画渔民画,创意在闪烁
欢喜书店里阅读和咖啡分享一下午的阳光
仙踪林乐园、卡丁车场地让快乐肆意飞扬
在大乐之野,这些以定海村落为名的民宿
心在树荫下的小院里栖息

我无法解构她的秘密

这山谷乡村的共富密码

只是像蜜蜂飞舞

静寂和光芒不用招手就落在身上

南洞艺谷

郑剑锋

我从这里闻到了清新
一种散发着文艺范的味道
绿皮火车于时间静止中运行
村中的人们,忙碌在彼此的视线
只有一张照片,吸引了所有的焦点
总书记与村民在长凳上娓娓而谈
那熟悉的画面,在新闻中热播不断
南洞艺谷,被网红的热情点燃
群山间总有络绎不绝的留影

走在村道上,一次次
与陌生的面孔不期而遇
导游挥舞着旗帜
引领着兴奋的游客群
游客的脸上分明写着功勋号列车
惊奇和期待沿着这块土地
寻找着英雄最朴素的痕迹

目光眺望着远方,水库大坝上
"绿水青山就是金山银山"
这行字在我心中回荡

我想，每一个热点的诞生
都有它存在的理由

这南洞艺谷，是诗的田野
也是梦的乐章
每一处风景，每一个面孔
都在演绎着梦幻的故事
这南洞艺谷，是生态的图景
也是村民的骄傲
他们铭记着伟大的箴言
用行动诠释着
绿水青山就是金山银山

这南洞艺谷，是诗人的笔触
也是画家的灵感
每一处景象，每一个瞬间
是行走的旅人，也是归家的游子
他们在这里留下足迹
带走记忆

南　洞

林红梅

在南洞，一切美好的事物
都是动态的。就像
立秋以后历历在目的丰收
每天都是新的太阳谷

这是一次温暖的日出
喷薄而出的油彩让退役的
"功勋号"有了心跳
每一幢新的徽派房屋认领着
早起的露珠，欣欣向荣的花木
一切都是那样的直接。过去的痕迹
被一场场雨消融
或许这铺垫的新意正是理由
封印在深处的日子太久
当通往山外的云铺成路，五雷山
以神话的背景站在身旁
每一份朴素的向往成为热爱的
经络，而伟人的到访
让每一条溪水都在淡忘
野草当年的形状

突然有点羡慕南洞二字的安好
像是你同时推开好几扇窗户,新的
地平线裹着新的灯火
会同时涌进来
像是一匹老马经过无数次长途短旅后
蓦然发现:她的光阴
将以一种新的轮回继续年轻

龙潭老街

姚碧波

秋日的阳光洒在老街上，很柔和
修缮后的店铺，古朴、宁静
仿佛回到了多年前的那段时光

糖画、爆米花、糕团等传统手工作坊
各种布艺面的招牌、美轮美奂的布艺伞面
老街旧风情，像石槽里的铜钱草郁郁葱葱

蝴蝶牌缝纫机、飞跃牌电视机、老肥皂
还有老式手电筒、搪瓷杯、热水瓶等
供销社里的老物件，复原了那时的模样

去台老兵史料馆里，一张张照片与史料
展现了一段难忘的、无法抹去的历史
那里有众多去台老兵无尽的乡愁

老街悠长，悠长的还有街中段的龙潭
以及龙潭边那口常年清冽的水井
我从老街走过，不带走一缕旧时光

龙潭老街

姚崎锋

主街,从南到北,三百米
几条小弄堂构成"非"字

旧时热闹的渔市不在
摆陈的南北杂货铺匿迹

只有龙潭和龙潭井依旧
地下清泉不会断流

石板路还能踏响
旧时的供销社还会开张
去台老兵纪念馆
在一个老式的大院内静候

我每天都会路过这里
老街不算窄
过街的阳光会留出一条通道
每一米,都会引你回到从前

隆教寺外的古树群

姚碧波

五棵朴树、一棵黄连木、一棵赤皮青冈、两棵樟树
隆教寺外的古树群
如入定的高僧,一站就是上百年

九棵古树,看上去巍峨、婆娑
保持着与天空遥遥相望的姿势
满树鸟鸣只闻声不见影,让树有了高度

九棵古树,相互凝视、问候,抱团取暖
呼吸着彼此的呼吸,在季节轮回中
承受着各自的磨难,甚至哀愁

九棵古树,上百年与风雨的纠缠和搏击
躯体愈加挺拔,内心愈加强大
晨钟暮鼓间,与寺院已融为一体

九棵古树,比寺院里的每一位僧人都要老
守着自己的根,也守着寺院
天荒地老,和僧人一起慢慢变老

骑行最美公路

陈 斌

松涛起伏，骑行在风中
公路蜿蜒，指向远方的梦
车轮轻盈，拂去尘埃
心随风飞扬，驰骋在自由的边缘

行进间，山水相伴
阳光洒落，映照出道路的勇敢
弯曲的路，如同生命的曲折
但却流淌着奋进的力量

路边的花，微笑着迎风
林间的鸟，和谐着歌唱
公路弯弯，承载着旅行者的梦
骑行者，是自由的诗篇

远方的风景，等待着发现
每一处风景，都是心灵的寄托
骑行最美公路，不仅是旅行
更是一次心灵的修行

让车轮奔向远方

让风吹散所有的烦恼
骑行最美公路，迎接新的起点
在自由的道路上，找到生命的答案

中国鱿鱼馆

姚碧波

鱿鱼,看上去形圆锥,体色苍白
还带着淡褐色斑。它全身柔软
水是鱿鱼的骨骼,支撑起生命的每一天

这软体动物,在海里垂直移动时
十条触足伸展着,长长的触足
柔软得只有海水能与它一比高下

在鱿鱼馆的CAVE沉浸式影院
阿根廷鱿鱼、茎柔鱼、小猪鱿鱼……
成群游弋在我的周围,有触足伸向我

活在裸眼3D技术中,远离大海
与其他海洋生物没有纷争和搏杀
也远离死亡,在这里鱿鱼是自己的王

而在北太平洋,渔民在船舷边放下钓钩
一条条鱿鱼被钓上来,像一串串糖葫芦
黑夜中,鱿鱼身上的光泽比船灯更鲜亮

五雷山茶园

姚碧波

五雷山之顶,是绿意盈盈的茶园
和我一起来的,还有春风和云雀
春风一吹,那满园的绿就泛起阵阵涟漪

云雀掠向云际。云朵之上,云朵之下
都是太阳的领地,无数阳光在奔跑
落在茶树的嫩芽上如花朵盛开,无声无息

我知道,这里的风来自太平洋
这里的阳光来自万里长空
风吹日晒,让茶叶汲取了天地精华

每一片茶叶,有着我所不知的迷人之处
我要用心去感受整个茶园
去发现这个绿色海洋的秘密

在这寂静的山顶,我不想
走马观花,要留下来做一棵茶树
让春雨来洗亮每一片嫩芽

树木掩映之间,我遇到了隆教寺

俞跃辉

树木掩映之间,我遇到了隆教寺
三株隋梅,两个莲花形柱础,一块古石板
赵孟頫在西湖边送住持石室祖瑛的千古瑰宝《送瑛公住持隆教寺疏》
我遇到了千年的风,它翻捡着什么述说着什么
我遇到了千年的隆教寺,新寺与古寺遗址咫尺之隔

我遇到了双手合十的师父,"阿弥陀佛"
这隆教寺"教民为善",凤凰般在火中涅槃崛起
树木掩映之间,这古树林,静修地
我恍惚听到了那阿弥陀佛的声音

我遇到了这只不叫唤的狗
蹲在瓦房根间,白天睡觉晚上睁开眼睛
看着进进出出的人里有多少觉者多少迷者
我遇到了这个叫悟清的和尚
他双手合十,"阿弥陀佛"
岁月如同后山的云朵积了一层又一层

隆教禅寺,木头是要呼吸的

徐豪壮

驻足隆教禅寺宝殿
一人合抱粗的殿柱
都裂了好几条缝
从顶处一直裂到柱石
禅师左手抚上殿柱说:
"我没用布包住木头
是让木头自由呼吸
一旦包起来两三年后便会腐烂
并且没有上漆
看起来简朴
却不会寂冷。"

我伸手抚上裂缝
丝丝暖意浸入掌心

访隆教寺

刀 鱼

隆教寺坐落于长春岭下
离城北三十余里
离甘来近在咫尺
与我相隔一千年光阴
驱车前往
内心莫名的喜悦庄重
步入、遇见
来自元代的梅
亭亭玉立于碧波亭前
完成一次短暂的穿越
之后,惊见锦鲤满池
如天上的五彩祥云
降临,随心游弋
此时
赏梅人和梅都酝酿着绽放
冬未至神已往

悟清师父双手合十
引领我们再次步入
佛的殿堂,香烟缭绕
木柱开裂,是他们在呼吸

教我为善，等我
说出原罪
完成一次救赎
再去尘世烟火中历练
谢寺前老狗
温柔待我

隆教禅寺

林红梅

台阶慢慢展开
从五代十国走来的光
吸收了故事的高潮
一个王朝的断代遗落在
东海的末端
如今在一个散淡的寺院
堆积得一派散淡
如此得
恰到好处

明明是《高僧录》中的大德
却不离开人世间
欢喜和流年成为莫逆
西湖边上的劝缘集
成就的是凡夫还是石室禅师的证悟
每一个声音都能证明存在
每一个声音都不能证明存在
我注视着晚年恣意的赵氏行书
如同看到挣脱桎梏的赵孟頫
碑文下四撒的泥土
它们低到尘埃，它们

一无所有又无所不至

还是选择在每一次涨潮的
海水中打坐吧
退潮时暴露残余
那些致命的繁华和衰败
现在正陆陆续续退出身体
用另一种方式治愈
我把手轻轻合上又打开
用尘世,供养另一个
尘世

五雷寺

姚碧波

春天浩大。春风替我去了五雷寺
在那接近云朵的五雷山上
寺里端坐着掌管雷电的雷公电母

传说,这里的雷神受玉帝指派
下凡来监督一条只管饮酒的懒龙
让这条龙时时行雨

如今,雷神镇守山巅
在人世间修行着,睿智、神秘
让人们保持敬畏之心

春风替我朝拜,祈祷
风调雨顺,惩罚恶人
雷神缄口不语,望着尘世

从五雷寺出来,春风
像是经雷神点化,变得谦和起来
顺着山坡滑下来,直奔山下

恐龙谷,仙踪林

俞跃辉

我看到那孔雀开屏般的恐龙
那护蛋的、喊叫的、仰颈的恐龙
那摇头摆尾的、憨憨的、飞舞的恐龙
那来自中生代的直立行走的爬行动物
它们在野生丛林中生存,自我炫耀
它们穿越到了仙踪林,人们不明真相

这里绿树成荫、潺潺流水
恐龙忽然吼一声,忽然张开翅膀
那嘎嘎嘎的和呼呼呼的声音
心里吓一跳,慢慢转眼微笑
它们送来了什么,那恐龙之爱
那最本真的表现,独有的连接方式
哦,就从中生代开始,从更远的时候开始
它们从我意想不到的地方开始

后　记

　　2023年5月25日，东海百里文廊全线开放。

　　近年来，定海以"千万工程"为主线，深入推进新时代美丽乡村全域创建，并于2022年启动实施"暖岙"文化生态旅游共富工程，不断探索和美乡村建设定海路径。打造农文旅深度融合的东海百里文廊，是定海忠实践行"八八战略"、奋力推进"两个先行"、高质量发展建设共同富裕示范区、助力现代海洋城市建设的生动实践。

　　东海百里文廊全长100.5公里，起始于白泉小展岭西侧，向西蜿蜒，穿过昌国、盐仓、双桥、岑港、小沙、马岙、干碴等乡镇（街道），最终回到起点，将生态山岙、美丽乡村、古遗古迹、云顶风景等穿珠成链，唤醒激活散落在定海乡村"十八岙"的沉睡资源，奋力实现荒道变游道、流量变留量、资源变资本、颜值变价值的加速跃迁。

　　文化是定海乡村最具辨识度的招牌。依托原有的定海山"十五古"系列文化点位，东海百里文廊梳理出沿线200余个主要文化景观点位，通过提升改造如意香樟湾、白龙潭等自然人文点位以及修葺黄高岭茶亭等古迹遗址等举措，实现文化景观全面焕新、价值提升。沿线各乡镇（街道）也积极引入餐饮茶寮、非遗手作、露营潮玩、主题市集等文旅业态和活动，全力打造一条"可读""可看""可品""可游"的文化生态长廊。

　　以文廊为媒，带动群众在家门口创业就业。盐仓街道颁河村的古樟驿曾是古代学子前往虹桥书院的重要节点，拥有定海最大的古樟树群。2023年，盐仓街道在该点位引入咖啡厅、研学等产业业态，开设共富工坊，销售玉米、黄桃等"四季颁河"农产品，带动10余人就业，其中本地村民5名，农产品年销售额近50万元。

　　像古樟驿这样植入经营业态的文旅节点，如今已遍布东海百里文廊沿线。目前，文廊沿线的8个乡镇（街道）均已布局文廊集市、文廊共富田园等，并配备导视牌、农具、收款码等"服务六件套"，让游客自主购买田间地头新鲜的本地农产品，让沿线百姓通过做活"地摊经济"鼓起"钱袋子"，助力共同富裕。

　　2024年1月23日，由东海百里文廊和东海云廊组成的东海云廊旅游区获评"中国天然氧吧"称号。东海百里文廊还获评浙江省自驾游精品线路，成功列入省级首批文化产业赋能乡村试点名单，村级集体经济经营性收入增长12.5%。东海百里文廊农文旅融合服务标准化试点被列入2024年国家级服务标准化试点。

　　开通一周年，深度融合定海历史、文化、生态和乡村美景的东海百里文廊，吸引了超过230万人次的游客到访，沿线建成共富工坊70家，助农增收近千万元。定海走出了一条"交通＋文化＋生态＋旅游＋共富"融合发展新路径。

2024年，定海锚定更高目标，实施东海百里文廊提升2.0工程，进一步打通文廊支线，持续挖掘乡村文旅资源，深入拓展文廊共富微单元，让绵延百里的文廊公路成为惠及群众、推动共富的"黄金路"。新建、改建的41条公路将于9月底全部完成。蚂蟥山生态旅游区、昌国仰天碗、盐仓黄泥岙古村落、白泉云顶问茶、干览五雷山酒缸潭、长白后岸青石浪、岑港古窑里和石景崖等新的景观点，近期将逐一亮相。

　　用诗歌的方式来抒写和宣传东海百里文廊，让更多的人了解文廊，继而走进文廊，舟山市作家协会诗创委、舟山海岸线诗社多次组织我市诗人，前往东海百里文廊进行主题式采风活动，并创作出一批诗歌作品。为确保诗集的编辑、出版，诗社多次开会协商，并组织力量对汇总的诗稿进行筛选和编辑。在诗稿初选阶段，为体现公平公正，所有诗稿均隐去作者姓名，以编号形式筛选。在此，感谢舟山海岸线诗社社长俞跃辉为组织采风活动、为此诗集的编辑出版及经费落实所作出的努力；感谢舟山市作家协会主席白马对此诗集编辑出版的指导和具体经费落实所做的工作；感谢诗人李国平、厉敏两位老师对诗稿初选所付出的辛勤劳动。同时感谢所有参与此次文廊主题创作的诗人朋友。

　　赴东海百里文廊采风，得到了定海区干览、双桥、岑港、盐仓、昌国、白泉、马岙、小沙等乡镇（街道）的支持。此次诗集《东海百里文廊》的出版，得到了中共舟山市定海区委宣传部、舟山市定海区农业农村局的大力支持。在此一并表示感谢！

姚碧波

2024年7月15日